컨트롤러
Controller
FUSION FANTASTIC STORY
건(建) 장편 소설

컨트롤러 3

건(健) 장편 소설

초판 1쇄 찍은 날 § 2014년 3월 21일
초판 1쇄 펴낸 날 § 2014년 3월 28일

지은이 § 건(健)
펴낸이 § 서경석

편집부장 § 권태완
편집책임 § 이효남
디자인 § 이거일

펴낸곳 § 도서출판 청어람
등록번호 § 제387-1999-000006호
등록일자 § 1999. 5. 31
어람번호 § 제1-1815호

주소 § 경기도 부천시 원미구 부일로 483번길 40 서경B/D 3F (우) 420-822
전화 § 032-656-4452 팩스 § 032-656-4453
http://www.chungeoram.com
E-mail § chungeorambook@daum.net

ISBN 979-11-5681-948-6 04810
ISBN 978-89-251-3726-1 (세트)

3

FUSION FANTASTIC STORY

건(建) 장편 소설

컨트롤러

Controller

도서출판 청어람

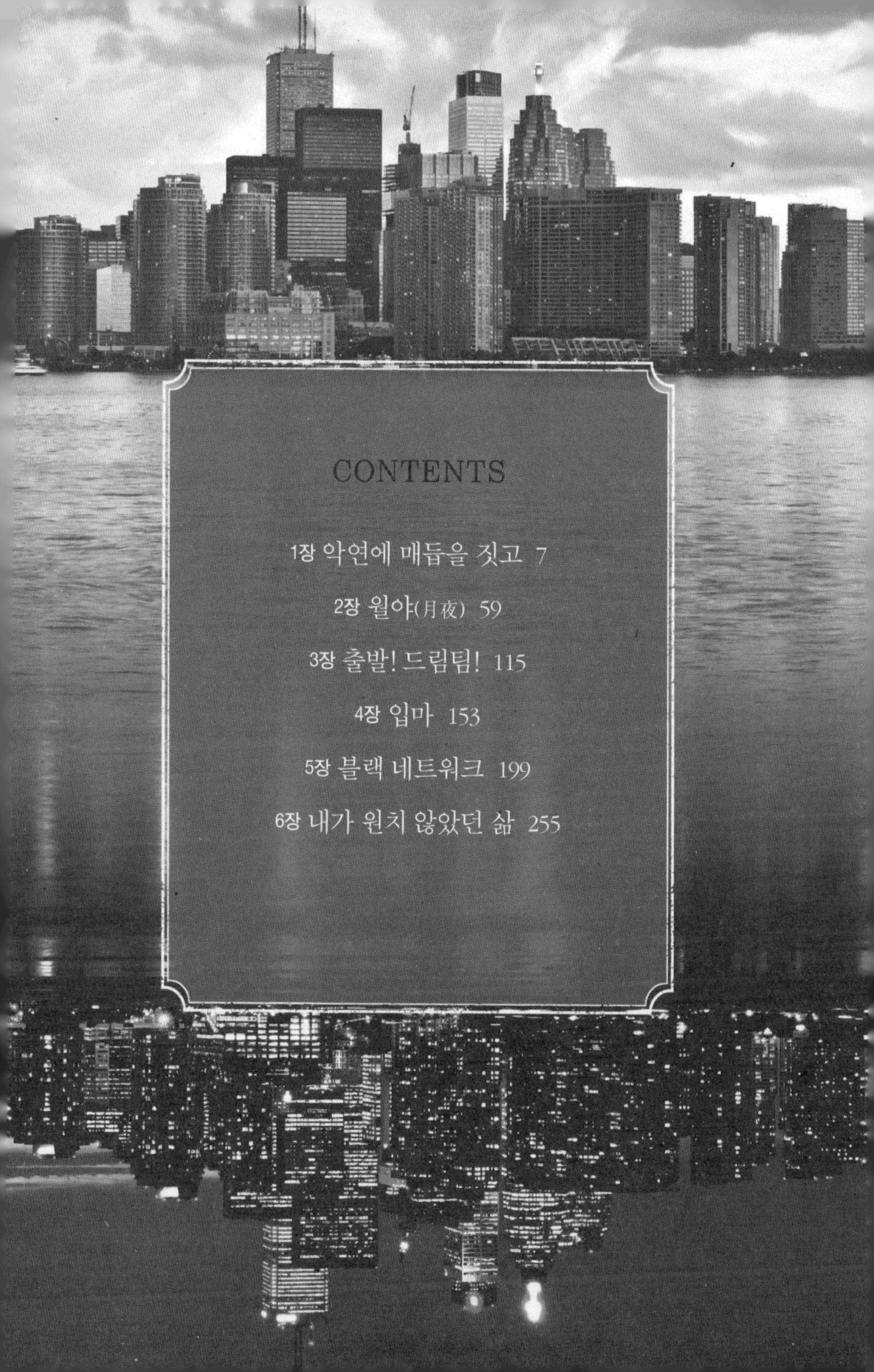

CONTENTS

1장

악연에 매듭을 짓고

"세상이 어떻게 되려고 그러나."

"그러니까 말이에요. 상화 형, 이거 완전 미친놈들의 세상 아니에요? 사람 죽었다는 이야기를 이렇게 쉽게 들을 만한 세상이었냐구요."

"미쳐도 단단히 미친 거지. 이젠 조폭들끼리도 배때기에 회칼 찔러 넣고 다니는 세상인데. 몇십 년 전으로 돌아간 것도 아니고. 경찰들은 도대체 뭐하는데?"

내일은 상가 공식 휴무일이었다.

때문에 현성의 매장에서는 폐점을 마친 뒤, 직원들의 회식 자리가 만들어져 있었다.

메뉴는 다채로웠다.

치킨, 피자, 족발, 보쌈… 온갖 맛있는 요리들의 향연이었다.

"사장님, 안 드시고 뭐 하세요!"

현성이 뉴스 속보로 보도되고 있는 내용을 보며 심각한 표정에 잠겨 있자, 직원들이 현성을 불렀다.

이 자리를 마련해 준 것도, 맛있는 메뉴들을 마련해 준 것도 현성이었는데, 정작 주인공이 없으니 허전했던 것이다.

하지만 현성의 시선은 계속 티비에 고정되어 있었다.

"괜찮아. 다들 먹어. 난 오늘 입맛이 너무 없네. 몸살기도 좀 있고."

현성이 에둘러 직원의 말을 돌렸다.

그러자 상화가 소주 두 잔을 단숨에 들이키더니 소리쳤다.

"야! 뉴스 뚫어지게 본다고 뭐가 달라지냐? 니가 나서서 해결할 일들도 아니고, 경찰들도 제 모가지 잘리기 싫으면 알아서 하지 않겠냐?"

상화의 반응은 지극히 정상적이고 당연한 것이었다.

현성이 평범한 사람이었다면 그렇게 생각했을 것이다.

하지만 이런 일들은… 현성의 손 안에서 해결해 볼 수 있는 일이기도 했다.

그리고 무엇보다 이런 악순환의 첫 고리가 된 사건은 바로 신천 살인 사건이었다.

그 주범이 바로 김양철과 양철이파의 조직원이었다.

탈주범들이 버젓이 거리를 활보하며, 살인 사건을 벌이고 있는 것이다.

'진작에 없앴어야 했어. 물론 그때는 이렇게 미친놈들이 될 것이라고는 생각조차 못했지만.'

현성은 후회 아닌 후회를 하는 중이었다.

하지만 돌이킬 수 없는 일이었다.

이 자리에서 화면을 빌어 다시 한 번 공언합니다. 용의자, 아니 폭도 김양철과 그 휘하의 일파들은 모두 체포될 것이고, 법의 엄정한 심판을 받게 될 것이다. 국민 여러분들이 발 뻗고 주무실 수 있도록, 하루라도 빨리 이 괴수들을 붙잡아 차가운 철창 속에 처넣겠습니다. 감사합니다.

티비에서는 이번 신천 살인 사건의 수사를 위해 꾸려진 특별수사팀의 담당자가 나와 브리핑을 막 마치고, 결의에 찬 다짐을 하는 중이었다.

지금까지 김철식 특별수사팀장의 브리핑이었습니다. 경찰 당국은 대대적으로 인력을 동원해 지역 단속에 나서는 한편, 김양철과 휘하 조직원들의 주변 인맥을 통한 탐문 수사에도 나서고 있습니다. 경찰이 확고한 의지를 가지고 모든 수사력을 집중시키기로 한 만큼, 빠른 시일 안에 수괴(首魁) 김양철과 그 무리들이 잡히길 시민들은 바라고 있습니다.

유례없는 대규모 인원과 수사력을 집중시키기로 하고, 대대적인 선전포고까지 한 만큼 온, 오프라인 상의 반응은 빠른 시간 안에 해결이 될 것이라는 기대가 많았다.

매장 회식 자리의 분위기도 다르진 않았다.

"거봐. 지네 모가지 짤릴 것 같으면, 어떻게든 처리한다니까. 이번 일, 매듭 못 지으면 저기 있는 놈들은 줄줄이 모가지야. 백수 된다니까."

"형님, 근데 그놈들이 쉽게 잡힐까요? 눈에 뵈는 게 없을 텐데요. 100명이나 죽인 놈들이 그만큼 또 죽이는 게 어렵겠습니까?"

"그러니까 말이야……. 저런 일은 있어선 안 되는 건데. 이미 벌어져 버렸잖아. 아우, 술맛 떨어지네. 인생 뭐 있어? 일단은 술이나 한 잔씩 하자고! 나랏일은 나랏님들이 하고, 매장 일은 우리가 하는 거고. 그렇지 않아?"

"예에! 그렇습니다!"

"그려, 짠이여, 짠!"

"하하하하!"

매장 분위기는 화기애애했다.

상화는 분위기 조절에 능한 친구였다.

그것을 알기 때문에 현성이 상화의 기도 살려줄 겸, 그의 주도 아래 회식 자리를 만들게 한 것이기도 했다.

직원들도 상화를 잘 따랐다.

현성을 대하는 것이 사장님으로서 깍듯하다면, 상화에게는 공적인 자리에서는 아니었어도 사적인 자리에서는 형 동생 하면서 지내는 사이였다.

현성에게는 사장이기에 지나치게 친근하게 대할 수 없는 부분들을 상화가 알맞게 메꿔주고 있었던 것이다.

* * *

"후우."

자판기에서 커피 한 잔을 뽑아 밖으로 나온 현성이 한숨을 내쉬었다.

신천 살인 사건 이후.

1주일이 지났다.

그사이, 더 많은 사건들이 있었다.

김양철은 신천 살인 사건 이후 종적을 감췄다.

반면에 부하들의 활동은 더 많아졌다.

모두가 하나 같이 굵직굵직한 살인 사건들에 연루되어 있었다.

처음에 전해진 소식들은 동류의 다른 일파의 조직원이 죽었다거나, 과거에 퇴출되면서 앙금이 남아 있었던 옛 조직을 찾아가 두목을 죽였다는 소식들이었다.

나쁜 놈이 나쁜 놈을 찾아가 죽였으니, 죽은 놈이나 죽인 놈이나 그놈이 그놈이라는 반응들이 많았다.

어디까지나 살인이 합법적이고 정당화될 수는 없지만, 그래도 자기들끼리의 밥그릇 싸움 정도라 생각했던 것이다.

하지만 고삐 풀린 망아지처럼, 사람들의 반응이 느슨한 틈을 타 놈들의 활동은 순식간에 범위를 넓혔다.

사흘째 되던 날.

첫 번째 민간인 피해자가 발생했다.

피해자는 여성이었다.

평범한 대학생이었던 그녀는 귀갓길에 정체불명의 남자 둘에게 납치를 당했고, 인근의 폐 공사장으로 끌려가 강간을 당한 뒤 무참히 살해당했다.

그 광경은 마침 공사장에 설치되어 있었던 CCTV 화면에 고스란히 찍혔다. 해당 폐 공사장이 비행 청소년들의 아지트가 되고 있다는 소문이 있어, 동네 주민들이 사비를 모아 설치해 두었던 CCTV였다.

화면 속에서, 여성은 그야말로 참혹한 꼴을 당했다.

정신을 잃고 실신할 지경에 이를 때까지 두 명의 조직원들에게 쉴 새 없이 성폭행을 당했고, 저마다의 욕구를 해소하고 난 뒤 들고 있던 칼을 이용해 서른 번도 넘게 전신을 난자(亂刺)했다.

당연히 몸이 성할 리 없었다.

경찰과 구급대원이 출동했을 땐 이미 숨이 끊어진 뒤였고, 시신은 원래의 얼굴을 알아보기 힘들 정도로 피칠갑이 된 뒤였다.

이것을 신호탄으로 살인사건이 동시다발적으로 발생했다.

목적은 다양했다.

대부분이 성폭행과 강간이었고, 그 다음이 재물 갈취였다.

놈들의 사정없는 손길 앞에서는 기업의 임원이고 뭐고 하는 감투들도 다 소용없었다.

이미 얼굴까지 다 팔린 마당에 보안 시스템의 감시도 무의미했다.

놈들은 유유히 보안 시스템의 경고를 받으며 침입, 사람들로부터 돈을 빼앗고 목숨을 거뒀다. 심지어는 출동한 보안업체 직원까지도 죽임을 당했다.

무법천지가 따로 없었다.

일주일 동안 이런 악순환은 계속해서 반복됐다.

자취를 감춘 김양철과 달리, 수하들은 더 많이 모습을 드러내며 공포 분위기를 조성했다.

벌써 파악된 피해자만 서른이 넘어가고 있었다.

띠리링.

그때.

현성에게 문자 한 통이 도착했다.

정유미의 문자였다.

현성으로서도 이번 일에서만큼은 김양철과 그 일파의 행적을 추적하는 것이 쉽지 않았다.

분명 어딘가에 아지트를 형성하고 숨어 있는 것이 확실한데, 그 위치를 찾는 것이 쉽지 않았다.

확실한 정보 네트워크를 가지고 있는 것도 아니기 때문에, 무턱대고 감으로 움직이기에는 확인해야 할 공간이 너무나도 넓었다.

현성은 그래서 정유미에게 도움을 요청했다.

그녀는 상상 이상의 인맥을 가지고 있었다.

단순한 기자들 사이의 인맥은 물론이거니와, 거기서 더 깊이 들어가 해당 분야의 관계자들과도 연줄이 있었다.

혹시나 그녀를 통해 김양철이나 휘하 부하들에 관련된 정보를 얻을 수 있지 않을까 싶었던 것이다.

—만족스럽진 않을 수 있지만, 그래도 답답하지는 않을 수 있는 이야기는 들었어요. 술 한잔, 어때요?

—이 시간에요?

—그럼 이 시간에 술 먹지, 언제 먹어요? 들을 거예요, 말

거예요?

—듣죠. 장소는?

—알잖아요. 우리 아지트.

'우리' 아지트라는 말이 꽤나 거슬렸지만, 현성은 그녀가 자신에게 정보를 건네준다는 것에만 생각을 두기로 했다.

정유미가 자신에게 호감을 갖고 있다는 것은 처음부터 알고 있었던 사실이었다.

그래서 새삼스럽지도 않았다.

물론 그녀의 호감을 악용할 생각은 없었다.

다만… 그녀가 현성이 생각한 선 이상을 넘으려 한다면, 그것은 거절할 생각이었다.

수연은 1시간 전, 현성과 통화를 마치고 잠든 상태였다.

신학기와 더불어 각 동아리 별로 신입생 모집이 치열하다 보니, 이런저런 준비할 것이 많아 매일 밤을 새며 강행군을 하는 그녀였다.

워낙에 적극적이고 활발한 데다가, 동아리에 대한 애정도 많았다. 그러다 보니 현성이 수연의 건강을 걱정해 몇 번 이야기도 해보고 했지만, 말릴 수는 없었다.

현성도 굳이 본인의 열정과 열의를 쏟아 하는 일을 잔소리로 막을 생각은 없었다.

덕분에 최근 수연은 학교에서 돌아오고 나면, 저렇게 잠이 들기 바빴다.

데이트도 자연스레 그 횟수가 줄었지만, 현성은 신경 쓰지 않았다.

마음이 변하지 않는다면, 만나는 횟수나 시간쯤은 아무래도 상관없었다. 물론 가끔 칭얼대는 수연의 모습을 보면, 여자인 그녀에게는 아닌 듯했다.

어쨌든 현성은 정유미와의 만남 장소로 향하기로 했다.

그녀가 정보를 얻었고, 만나자고 연락이 온 만큼.

허튼 정보는 아닐 것이다.

현성은 하루라도 빨리 이 악연의 매듭을 풀어내고 싶었다.

현성이 원하든 원하지 않았든, 김양철과 엮여 버린 악연은 어떻게든 풀어내야 했다.

놈은 점점 괴수가 되어가고 있었다.

그리고 그 거침없는 마수(魔手) 아래에서 죄 없는 사람들이 희생되고 있었다.

그 어떤 의미도 찾을 수 없는 개죽음.

현성은 김양철과 그 일파를 절대 용서할 수 없었다.

그리고 놈들을 그렇게 만든, 더 나아가 김양철과 그 뒤에 숨어 있을지도 모를 배후를 찾고 싶었다.

스승 자르만의 말대로 시공을 넘어 오는 것이 어렵고도 힘든 일이라면.

분명 김양철을 저렇게 만든 누군가가 뒤에 있을 것이다.
현성은 보이지 않는 뒤에 숨겨진 진실을 알고 싶었다.

* * *

"현성 씨, 한 가지 궁금한 게 있어요. 난처한 질문이면 답변하지 않아도 돼요. 하지만 궁금하기도 해서요."

"말해봐요."

"일단 한잔 받으시고."

"그러죠."

"맛있는 소주—! 짜안—!"

술자리라면 사족을 못 쓰는 그녀의 성격은 이제 새삼스럽지도 않은 현성이었다.

현성도 술자리를 싫어하는 건 아닌 만큼, 그녀와 건배를 하고는 단숨에 소주 한 잔을 들이켰다.

일이 끝나고 마시는 맥주 한 잔 혹은 소주 서너 잔은 나름 꿀맛이었다.

수연을 만나게 되면서 일을 끝내고 먹던 야식이나 가벼운 맥주 한 잔이 이제는 습관처럼 자리 잡은 것 같았다.

물론 안 먹는다고 해서 잠을 못 자거나 힘든 정도는 아니었다.

다만 오늘도 하루 일을 잘 마쳤구나… 하는 느낌이랄까.

자기 자신에게 보상을 주는 느낌이 있었다.

그래서 직장인이든 누구든, 일이 끝나고 나면 술안주에 곁들여 하루를 마무리하는 것이 자연스러운 일인 것 같았다.

"이게 왜 궁금한 거예요? 이해가 가기는 하지만… 안다고 해서 달라질 게 있나 해서요."

"양철이파 사람들의 행방 말인가요?"

"네. 전부 다 지명수배자가 된 마당에 예전처럼 여기에 터를 잡고, 자릿세를 뜯거나 하지도 않을 거구요. 어차피 기다리다 보면 언젠간 잡히지 않겠어요?"

"그렇기는 하겠죠."

"그렇기는 하겠죠… 가 아니라 그렇죠. 근데 굳이 알 필요가 있겠나 싶어서요."

정유미의 질문은 당연했다.

물론 현성과 양철이파가 관계가 아예 없는 것은 아니라고 생각했다.

하지만 현성의 사업이 막 상승세를 탈 시점에 양철이파는 경찰에 의해 와해되었고, 사실 그 이전의 상인들이 피해를 봤을지언정 현성이 본 피해는 없었다.

이미 특별수사팀까지 꾸려져 대대적인 인력 동원이 이루어지고 있는 마당에 현성이 왜 관심을 갖나 싶었던 것이다.

"별다른 이유는 없어요. 다만 김양철이나 그 아래의 모든 사람들은 하루라도 빨리 잡혀야 할 범죄자들이죠. 내가 더 많은 정보를 알아두면, 경찰을 도울 일이 생길 수도 있을 거고… 그런 거죠."

현성이 적당한 핑계를 둘러댔다.

자신이 직접 뒤를 추적해 볼 생각이라는 말은 당연히 할 수 없었다.

그녀가 자신의 비밀을 알 필요는 없다.

안다고 해서 달라질 것도 없겠지만.

"좋아요. 더 귀찮게 물어보진 않을게요. 지금 수사팀 쪽에서는 얼추 몇 개의 후보지를 파악한 것 같아요. 김양철은 행방이 묘연하지만, 전부 꼬리를 자르는 데 능숙한 건 아니라서요. 몇몇이 뒤를 밟힌 모양이에요."

"그래요?"

"여기가 의심되는 몇 개의 포인트라고 해요. 하지만 개인이나 기업과 연관된 공장도 있고 빌딩도 있죠. 완벽한 물증이 없으면 아무렇게나 들어갈 수 없어요. 그렇다 보니 우선은 범위를 좁혀놓고 돌아가는 추이를 지켜볼 생각인 것 같아요."

"그렇게 기다리는 동안 사람들은 더 죽어나갈 텐데?"

"…하지만 경찰들 생각은 좀 다른가 보죠. 나 역시 그런 생각에 동의할 수는 없지만요."

"결국 몇 개의 목숨을 미끼 삼아 낚싯대를 던져본다는 건

가. 하아… 참.”

빠드드득.

현성은 자기도 모르게 이를 갈았다.

물론 정유미만의 추측일 수도 있었고, 꼭 경찰들이 그런 생각을 하고 있지 않을 수도 있었다.

하지만 정황상 놓고 보면 그러했다.

게다가 이런저런 법적 제어장치들이 발을 묶어두고 있으니, 확실한 단서를 손에 움켜쥐기 전까지는 무턱대고 달려들 수도 없어 보였다.

“이 서류들은 넘겨줄게요. 가장 유력한 포인트라고 보이는 지점들이에요. 현성 씨가 수사를 하는 게 아닌 이상 필요할 것 같지는 않지만, 그래도 궁금한 점이 해결되긴 하겠죠?”

“고마워요. 쉬운 부탁은 아니었을 텐데.”

“뭘요, 술이나 마저 한잔하죠. 딱 두 병만 비우고 가는 걸로?”

“그래요.”

현성이 고개를 끄덕였다.

그리고 정유미가 건네준 종이에 그려진 지도 몇 개를 유심히 살폈다.

예전에 김양철을 처음 맞대면 했을 때도 그랬지만, 그들은 오래전 가동이 멈춰진 공장이라든가 폐공사장 따위를 즐겨 이용하는 듯했다.

이유는 간단할 것이다.

남들의 눈에 잘 띄지 않고, 자신들만 아는 루트를 이용해 쉽게 빠져나갈 수 있기 때문이다.

다만 이번에는 조금 다른 듯했다.

모두 도심 한복판이나 인적이 적지 않은 곳에 위치한 장소들이었다.

현재 운영 중인 공장도 있었다.

물론 예상 은신처 목록 중 하나일 뿐이고, 있을 것이란 장담은 할 수 없었다.

하지만 만약 여기서 언급되고 있는 장소들 중 하나에 있다면, 놈들은 대담하게 사람들 사이에 숨어 있는 것이 되는 셈이다.

안녕하십니까, 긴급 속보입니다. 방금 전 본 방송사가 단독 입수한 속보에 따르면 브리핑을 마치고 이동 중이던 김철식 특별수사팀장과 전담 수사관 둘이 대로변에서 발생한 교통사고로 인해 현장에서 숨을 거두었다는 속보입니다.

"잠깐만요, 현성 씨. 저거 뭐죠?"

소주잔을 기울이던 그녀의 시선이 대형 브라운관에 출력되고 있는 화면으로 움직였다.

현성 역시 그녀의 시선을 따라 방향을 돌렸다.

그러자 익숙한 이름과 내용이 화면을 타고 흘러나오고 있었다.

방금 전까지만 해도 예능 프로그램이 방영되고 있던 티비는 어느새 딱딱한 분위기의 뉴스 속보로 바뀌어 있었다.

현장에 급파된 구급대원들과 목격자의 제보에 따르면, 반대편에서 역주행하여 달려온 차량의 탑승자는 이미 현장을 떠난 것으로 보입니다. 또한 동승했던 김동수 수사관의 경우 사고 직후, 하차하여 대로변 외곽으로 이동하던 중 둔기에 의해 후두부(後頭部)에 큰 외상을 입고 숨을 거둔 것으로 확인되고 있습니다. 경찰 관계자는 이번 사건이 양철이파의 소행으로 이루어졌을 것으로 보고, 현장 일대의 모든 경계 검문을 강화하고 있습니다.

"……."

이 정도면 무법천지라고 해도 어울릴 법했다.

대담한 행보였다.

가장 상징성이 높은 전담 수사팀의 팀장을 살해한 것이다.

그것도 대로 한복판에서.

심지어 현장을 어떻게든 벗어나려던 수사관의 뒤를 쫓아가 무참히 살해하는 주도면밀함도 잊지 않았다.

자신들의 뒤를 밟으면, 그 끝이 어떻게 될 지를 보여준 것이나 다름없었다.

"어머어머… 너무하잖아. 이건 아니라구요. 정말 저 사람들 미친 거 아니에요?"

정유미의 표정은 두려움으로 가득했다.

같은 호프집 안에서 티비를 보고 있는 다른 손님들의 반응도 정유미와 크게 다르지 않았다.

속보를 접하는 순간.

현성의 눈빛에 일렁임이 생겼다.

김양철과 그 일파에 대한 분노가 솟구쳐 오르기 시작한 것이다.

지금까지의 행보만으로도 이미 씻을 수 없는 악행의 반복인 그들이었다.

이제는 고삐 풀린 망아지처럼 끝을 알 수 없는 나락을 향해 달려가고 있었다.

막아야만 했다.

그들은 평범한 사람이 아니었다.

자신처럼… 뭔가 특별한 다른 것을 가지고 있는 사람들이었다.

그렇다면 놈들의 고삐 풀린 행보에 유일하게 제동을 걸 수 있는 것도 자신이었다.

"유미 씨."

"네?"

"먼저 일어날게요. 갑자기 여자 친구한테 연락이 왔어요. 많이 아픈가 봐요."

"아, 아아. 그래요? 알겠어요. 저는 남은 잔 좀 마저 더 비우고!"

"계산은 내가 하고 갈 테니, 편히 마셔요. 오늘 고마웠어요. 도와줘서 고마워요."

"아니에요, 뭘요. 그럼 들어가요, 현성 씨."

현성이 자리에서 먼저 일어서자, 정유미가 아쉬운 눈치를 보냈다.

하지만 여자 친구 때문이라 하니 딱히 말릴 수도 없겠다 싶었는지, 비어 있는 소주잔에 자작(自酌)을 하고는 현성을 향해 인사를 건넸다.

현성은 웃는 얼굴로 정유미의 인사를 받아주고는 바로 맥주집을 나섰다.

* * *

"후우."

차가운 밤공기가 현성의 얼굴을 에워쌌다.

—어디로 가려 하느냐?

현성이 밖으로 나와 다시 옷매무새를 고치고 있자, 자르만이 말을 걸어왔다.

지금까지의 상황을 쭉 지켜보고 있었던 그였다.

이미 현성의 답을 알고 있겠지만, 다시 한 번 물어보는 것이리라.

"쫓아가야죠."

—어딜?

"저놈들의 본거지로 말입니다."

—확실한 정보는 아니지 않느냐. 거기 있을 것이란 보장도 없고.

"그렇다고 해서 가보지도 않으면, 가능성은 0%가 됩니다. 움직이면 0.1%라도 되는 거구요."

—저 녀석들은 네가 하듯, 마법을 쓰는 녀석들 같지는 않구나. 하지만 분명… 다른 어떤 특별한 힘이 있을 것이다. 육체적인 능력이 유달리 강하다거나 말이다.

"예상하고 있습니다. 그렇기 때문에 제가 움직여야만 합니다. 지금 이대로라면 애꿎은 경찰들도 전부 표적이 될 수 있습니다. 저놈들은 이제 죽이는데 누구를 가리지 않아요. 잡히면 다 죽일 지도 모릅니다."

현성의 입술이 파르르 떨리고 있었다.

분노의 표출이었다.

—이제부턴 많은 것을 조심해야만 한다, 제자야. 명심하거라. 단지 마음 하나만으로 모든 상황에 부딪히려는 생각은 말

거라.

"알고 있습니다. 하지만 지금은 부딪혀야 하는 상황인 것 같습니다."

—누가 네 결정을 말리느냐? 다만 무리하지 말라는 것뿐이다. 돌려 말하지 않으마. 우리는 네가 무탈하길 바란다. 널 위해서, 그리고 우릴 위해서 말이다.

자르만이 가감 없이 자신의 속내를 드러냈다.

일이 꼬여버리긴 했다.

시공의 균형이 무너졌고, 제자가 살고 있는 세상에는 일대 격변이 찾아오고 있었다.

하지만 냉정하게 말해서 자신과 일리시아가 살고 있는 대륙의 일은 아니었다.

그렇다면… 오랜 기간의 준비 끝에 결실을 얻은 결과물. 즉, 현성이 죽지 않고, 현실 속에서 다양한 마법의 활용과 적용을 보여주는 것이 더 이로웠다.

그 다음이 현성이 추구하는 정의 실현이라든가, 질서 유지라든가의 문제였다.

적어도 자르만 자신에게는 그랬다.

하지만 제자의 생각은 다른 듯했다.

그리고 이를 막을 방법이 자르만과 일리시아에게는 없었다.

결국 선택은 자신들이 아닌 바로 현성 본인이 하는 것이다.

"부우웅!"

집으로 돌아온 현성은 지체 없이 바이크에 시동을 걸고는 정유미가 건네준 포인트가 위치한 방향으로 엑셀을 밟았다.

아무 생각도, 아무 느낌도 들지 않았다.

그저 한시라도 빨리 저 미치광이들의 행보를 막고 싶었다.

그리고…….

반드시 그 대가를 치르게 하고 싶었다.

죽음이 아니고선 갚을 수 없을 대가를.

*　*　*

—상화야, 내일 아침 영업이랑 관리 부탁한다. 지방에 일이 좀 생겨서 내려가 봐야 하는데, 어쩌면 출근 시간에 맞춰 올라오지 못할 수도 있을 것 같아. 재료는 다 준비되어 있으니까, 하던 대로만 하면 된다.

—막 자려던 차에… 타이밍 보소! 알았다, 일 잘 마무리하고. 끝나는 대로 바로 연락 줘. 그전까지는 못 오는 걸로 알고 있을게.

1시간 후.

첫 번째 목적지에 도착한 현성은 상화에게 문자메시지 한 통을 보냈다.

만약을 대비해서였다.

이미 마음을 먹고 나온 만큼, 놈들의 꼬리를 확실히 밟을 때까지는 있어볼 생각이었다.

다행히 전날 재료를 넉넉하게 준비해 둔 덕분에 하루에서 이틀 정도는 문제없었다.

첫 번째 포인트는 번지수를 확실히 잘못 짚은 것 같았다.

야간에도 작업 중인 판넬 공장이었는데 수상한 점은 없어 보였다.

혹시나 싶어 인비저블 마법으로 잠입한 뒤, 블링크 마법을 이용해 공장 구석구석을 탐색해 봤지만 보이는 것은 없었다.

게다가 무엇보다 불과 몇 시간 전에 발생한 뉴스 속보 속의 사건 현장과는 거리가 있었다.

양철이파의 조직원들이 모두 뭉쳐서 다니는 것은 아니겠지만, 사고가 발생한 지점에서 그리 멀지 않은 곳에 아지트가 있을 가능성은 매우 높았다.

마침 인근에 예상되는 몇 개의 포인트가 종이에 적혀 있었다.

찌이이익.

현성은 자신의 매장에서 가장 가깝기도 해서 먼저 찾아온 첫 번째 포인트에 대한 자료를 찢어버렸다.

속단이라기보단 확신이었다.

정말 마음먹고 몸을 숨길 장소를 찾았다면, 이곳은 눈에 띄어도 너무 띄는 곳이었다.

그리고 양철이파에 의해 벌어진 수십 차례의 살인 사건 현장과도 거리가 멀었다.

계속 보도되는 속보에서는 경찰들이 얼마 전까지 확보해 둔 몇 개의 예상 은신처를 급습했다는 소식이 전해졌다.

그곳들은 전부 현성이 지금 손에 쥐고 있는 종이들 속에 적힌 장소들이었다.

하지만 성과가 없는 모양이었다.

헛수고였다는 것이다.

이미 꽤나 오랜 시간을 경찰의 눈을 피해 숨어왔던 그들이다.

어쩌면 그 뒤에 경찰의 움직임을 봐주는 비호 세력이나 조력자가 있을 수도 있을 터.

이런 흐름으로는 십 년, 백 년이 가도 못 잡을 가능성이 컸다.

부우우웅!

현성은 다음 목적지로 발걸음을 돌렸다.

이미 경찰들의 수사가 끝났고, 허탕을 쳤다는 보도가 전해지고는 있었지만 오히려 그런 장소들이 더 의심이 갔다.

경찰들이 한 번 훑고 지나간 자리면, 그놈들도 심리적인 안정을 느끼고 다시 모습을 드러낼 가능성도 컸다.

이미 용의선상에서 제외된 장소에 다시 찾아올 가능성보다는 새로운 곳으로 갈 가능성이 크니까.

현성은 자신의 판단, 그리고 직감을 믿었다.

* * *

녹록치는 않았다.

장거리 텔레포트 마법을 아직 구현할 수 없다는 점이 못내 아쉬운 밤이었다.

최대한 속력을 높여 이동하고 이동했지만, 물리적인 거리와 시간을 단축시킬 수는 없었다.

확실히 경찰들이 한 번 훑고 지나간 곳은 썰렁했다.

워낙에 종적을 뒤쫓기가 어려운 놈들이다 보니, 특정한 지점을 놓고 계속 지켜보기가 쉽진 않을 터였다.

현성은 이런 상황들이 답답했다.

차라리 평범한 사람 혹은 사람들이 이런 살인 행각을 저지른 것이라면 지금처럼 수많은 피해자가 나오지는 않았을 것이다.

이번 일이 문제가 되고 있는 것은 바로 살인의 주체들, 그러니까 김양철과 양철이파의 조직원들이 일반인과는 다른 심상찮은 능력을 지니고 있기 때문이었다.

앞으로 이런 현상은 더 많아질 것이다.

남들과는 다른 특별한 힘을 얻은 사람이 선택할 수 있는 선택지는 얼마든지 많다.

그리고 그 선택지 중, 대부분의 것들이 선(善)보다는 악(惡)에 가깝다.

어쩌면… 현성 자신만의 외로운 투쟁이 계속될지도 모를 일이었다.

"……."

그렇게 밤은 자정을 넘어 새벽으로 접어들고 있었다.

여섯 번째로 도착한 포인트.

이곳 역시 이미 수사가 끝난 곳이었다.

사람은 아무도 없었지만, 불과 몇 시간 전에 사람들이 왔다 간 기척이 느껴졌다.

수북이 쌓여 있던 먼지 위에 남은 손가락 자국하며… 바닥의 발자국들이 그 증거였다.

휘이이—

싸늘한 밤바람이 불었다.

이곳은 방금 전까지 지나쳤던 곳들과는 달리, 시가지로부터는 좀 떨어진 곳에 위치해 있었다.

은신처로 삼기에는 딱 좋은 곳.

하지만 이미 경찰이 수사를 종료하고 떠난 것을 보면 샅샅이 뒤져봐도 무엇 하나 나오지 않았던 모양이었다.

현성은 천천히 공장 내부를 훑었다.

여기저기 잠긴 철문하며 자물쇠들이 뜯겨져 있었다.

놈들도 바보가 아닌 만큼 눈에 띄는 곳에 숨어 있지는 않을 터.

경찰도 그런 점을 염두에 두고, 비밀 은신처로 쓸 만한 장소들은 모두 뒤져본 모양이었다.

"음."

현성의 발길은 공장 1층을 훑어본 뒤, 지하로 향했다.

지하도 이미 한바탕 헤집어진 뒤였지만, 현성은 달리 생각하는 부분이 있었다.

어두운 지하 1층의 한가운데 자리를 잡은 현성은 두 눈을 감고, 모든 정신을 마나의 흐름에 집중했다.

그렇게 5분 정도의 시간이 흘렀을까?

묘한 이질감이 느껴졌다.

자연 속 그대로의 마나의 흐름이 아닌 무언가의 움직임으로 흐름이 뒤틀리는 느낌.

현성의 모든 정신을 마나의 흐름에만 집중하고 있기에 느낄 수 있는 아주 미세한 이질감이었다.

그 느낌은 현성이 두 발을 딛고 서 있는 지하 1층보다 더 아래의 깊은 곳에서 느껴졌다.

지하 1층이 끝이 아니었다.

아래로 공간이 더 있었던 것이다.

파앗—

현성이 바로 블링크 마법을 시전했다.

수평 방향이 아닌 수직 방향으로 시도한 것이다.

그 순간, 쑤욱 몸이 빨려나가는 느낌과 동시에 새로운 공간이 펼쳐졌다.

예상대로였다.

현성은 지하 1층보다 훨씬 더 아래에 있는 어느 작은 창고 안으로 이동해 있었다.

오랫동안 인적조차 닿지 않은 곳이라 그런지 역겨운 냄새가 코를 찔렀다.

현성이 미량의 마나를 이용해 만들어낸 파이어 볼의 구체의 시야 속으로는 개수를 셀 수 없을 정도로 많은 벌레와 쥐의 사체들이 주변에 널려 있었다.

따각따각. 또각또각.

바로 그때.

문 밖에서 구둣발 소리가 들렸다.

현성은 바로 불씨를 거두고, 숨을 죽였다.

만약을 위해 바로 인비저블 마법을 시전할 준비도 마쳤다.

문이 열리면 미련 없이 마법을 전개할 생각이었다.

한 가지는 확실해졌기 때문이다.

이 비밀스런 공간에 자신만 있는 것이 아니라는 것을.

"후후, 이런 힘을 얻게 될 줄이야. 새삼 형님이 더 존경스러워진단 말이야."

"어느 누구도 우리를 손 댈 수 없다는 건 확실해졌다. 봐봐, 경찰들도 바보처럼 겉만 핥고 가잖아. 이제 무서울 게 뭐가 있어?"

"게다가 우리의 뒤를 봐주는 또 다른 형님도 계시고 말이야, 하하하."

"나중에 기회를 봐서 해외로 한 번 나갈 수만 있으면, 거기서 사는 게 더 편할 것 같기도 한데."

"그러니까 말이야. 다음번에는 그년이 어떨까 싶은데. 예전에 내가 사랑했던 년이 하나 있는데… 아주 제대로 뒤통수를 치고 다른 새끼랑 결혼을 했지. 돈보고 결혼한 개 같은 년… 내가 언젠가는 꼭 뒤통수에 뭐라도 박아 넣어주겠다고 다짐했었는데."

"그딴 년, 죽여도 문제될 것 없잖아? 이제 우린 눈치 볼 게 없다고. 이미 뛰어넘을 수 있는 능력을 가졌어. 클클클."

"그러니까 말이야. 며칠 숨어 있었더니 몸도 근질근질한데……. 그 수사 팀장인지 뭔가 하는 새끼 죽이러 갈 때, 나도 같이 갈 걸 그랬나."

"……"

문 밖에서 들리는 두 남자의 대화는 평범하지 않았다.

현성은 좀 더 숨을 죽이고 대화에 집중했다.

뒤를 봐주는 또 다른 형님은 누굴까.

그들에게 있어 형님은 김양철일 터.

김양철이 아닌 또 다른 사람, 조력자는 누구인걸까?

"담배?"

"좋지."

문 밖에 자리를 잡은 두 남자는 현성이 안에 있다는 사실은 모른 채, 담배에 불을 붙였다.

바로 그때.

"여기서 뭣들 하고 있나?"

"……!"

김양철의 목소리였다.

현성은 바로 기억해 낼 수 있었다.

남들과는 다른 아주 차갑고도 냉랭한, 낮은 어조의 목소리를 가진 김양철이었기에.

"형님!"

"긴장들 해야지. 다들 너무 느슨해져 있군."

"헤헤, 뭐 괜찮지 않습니까. 이제 경찰들도 우리 손 안인데요."

"등잔 밑이 어두운 법이긴 하지, 후후. 그것보다… 이제 자리를 옮길 필요가 있다. 더 많은 힘이 필요해. 동료들이 필요하단 말이다."

"…그 말씀은?"

"더 많이 능력을 나눠줄 사람이 필요하다는 것이다. 이왕 노는 거 화끈하게 놀아봐야지, 안 그래?"

"오오! 예전부터 형님을 동경하던 애들이 한 둘이 아니잖습니까. 연락만 하면 쌍수 들고 달려올 놈들이 널렸을 겁니다."

더 많이 능력을 나눠줄 사람.

현성은 그 말에 바로 확신할 수 있었다.

결국 김양철도 현성과 같은 능력의 수혜자였던 것이다.

그리고 그의 부하들은 김양철로부터 능력을 나눠받은 자들이었다.

현성이 가장 걱정했던, 그리고 있어서는 안 될 일의 현장이기도 했다.

위치는 확인됐다.

현성은 호흡을 골랐다.

김양철이 있다면, 휘하의 부하들 역시 이 자리에 있음은 틀림없을 터.

끝을 볼 생각이었다.

더 이상 이들이 살아 숨 쉬게 두어서는 안 되었다.

이미 김양철과 부하들의 흉수에 목숨을 잃은 사람의 숫자가 세 자리를 넘어가고 있었다.

일말의 인정이나 용서?

필요 없었다.

빠지직! 빠지지직!

현성이 순식간에 양손에 강력한 전류의 파장을 만들어냈다.

문 밖의 적이 한두 명일 것이란 생각은 하지 않았다.

하지만 물러설 생각도 없었다.

자신 있었다.

그리고 여기서 일분일초의 시간도 더 이상은 저들에게 허용하고 싶지 않았다.

"하아아압!"

현성이 일갈과 함께 손을 정면으로 뻗었다.

쿠콰콰콰콰쾅!

"어억!"

"크악!"

순식간에 벌어진 일.

콘크리트 벽을 부수고 날아든 파편과 전류의 파장을 정면으로 받아낸 두 명의 조직원은 그 자리에서 목이 부러져 숨이 끊어졌다.

워낙에 가까운 거리에서 갑자기 벌어진 일이라, 방어할 생각조차 못한 탓이었다.

기괴스럽게 목이 왼쪽이나 오른쪽으로 꺾여져 버린 두 남자.

동시에 더욱 괴이스러운 일이 벌어졌다.

숨이 끊어짐과 동시에 몸이 바람빠진 풍선처럼 쪼그라들더니, 이내 한 줌의 재로 산화해 버린 것이다.

마치 영화 속에서 햇빛에 노출되어 타올라 사라지는 좀비들 같았다.

"음?"

김양철은 한 걸음 물러서 있었다.

놀라운 반사신경이었다.

얼굴 여기저기에 생채기가 나긴 했지만, 즉사한 부하들의 뒤를 따르진 않았다.

현성은 미리 준비해 왔던 복면을 쓰고 있었다.

굳이 얼굴을 먼저 보여주고 싶지는 않아서였다.

물론 전투 중, 불가항력의 상황이 온다면 어쩔 수 없이 서로를 확인하게 되겠지만.

"굳이 그렇게 얼굴을 가릴 필요는 없을 것 같은데. 네가 그 말로만 듣던 정의의 사도인가? 어줍잖은 복면을 쓰고 다닌다는 그놈 말이야."

"……."

현성은 아무 말도 하지 않았다.

굳이 대답할 필요성도 느끼지 못했다.

"대담하게 들어왔으니, 어떻게 끝을 볼지도 생각하고 온

거겠지. 하지만 처음부터 힘을 빼고 싶지는 않으니, 조금은 지켜봐 주기로 할까!"

스스스슥!

말이 끝나기가 무섭게 김양철이 현성에게서 빠르게 멀어져 갔다.

전광석화와도 같은 움직임이었다.

그리고 얼마 뒤.

와— 하는 소리와 함께 지하실 전체가 함성 소리로 뒤섞이며, 붉은 눈빛을 뿜어내는 남자들이 몰려오기 시작했다.

바로 김양철의 부하들이었다.

김양철은 멀찍이 떨어진 자리에서 현성을 지켜보고 있었다.

부하들을 방패막이 삼아 자리를 떠날 수도 있었지만, 그럴 생각은 없어 보였다.

마치 지금의 상황을 즐기는 듯한 느낌이었다.

"어떤 놈인지나 한번 볼까!"

그때, 현성의 정면에서 기세 좋게 달려드는 한 남자가 있었다.

동구였다.

첫 만남에서는 현성의 희생양이 되었던 놈.

하지만 김양철로부터 능력을 부여받은 뒤, 이후 굵직굵직한 살인 사건에 보란 듯이 모습을 드러낸 놈이었다.

현성이 김양철 다음으로 이를 갈던 놈이기도 했다.

처참하게 죄 없는 일반 여성을 욕보이고, 그 시체마저 온전치 못하도록 갈가리 찢어놓은 이놈의 만행은 생각만 해도 치가 떨리는 것이었다.

지이잉!

현성이 바로 마나 건틀렛을 형성시켰다.

"헤이스트!"

동시에 헤이스트 마법을 빠르게 전개했다.

속도전이 필요했다.

현성은 단신이고, 상대는 다수였다.

일대일 싸움으로 빠르게 그리고 짧게 끌어가야 했다.

"크아아압!"

동구가 정면으로 주먹을 뻗었다.

붉은 빛의 두 눈.

그리고 터질 것처럼 부풀어 오르고 있는 상체와 양 팔은 보기만 해도 기가 눌릴 정도로 어마어마했다.

저것이 바로 이 엄청난 살인 사건들과 악행의 원천이리라.

하지만 움직임은 현성이 좀 더 빨랐다.

뻐어어억!

"으컥!"

빠르게 동구의 주먹을 피한 현성이 그대로 주먹을 동구의 턱 아래에서 위로 올려쳤다.

신음 소리와 함께 동구의 입에서 몇 개의 이빨과 핏물이 하늘로 솟구쳐 올랐다.

예전 같았으면 텀을 두고 공격을 이어갔겠지만, 이번의 현성은 달랐다.

잠깐의 시간, 공백은 치명적이었다.

저들은 이제 일반인이 아니었다.

자신과 같거나 혹은 비슷한, 특별한 능력을 지닌 존재들이었다.

깨닫고, 대응하기 전에 처리해야 했다.

시이잉!

현성이 품속에서 단도 하나를 꺼냈다.

만약을 대비해 준비해 온 준비물이었다.

흉기(凶器)를 쓴 적이 없는 현성이었지만, 이들을 상대함에 있어서는 그 필요성이 있어 보였던 것이다.

지이잉!

현성이 단검을 쥔 손끝에 마나의 힘을 집중시킨 뒤, 일순간에 전류의 기운을 만들어내자 단도와 전류가 한데 뒤엉켜 반짝거렸다.

"하아압!"

현성이 일갈하며 그대로 단도를 정면으로 내질렀다.

타겟은 동구의 왼쪽 가슴, 심장이었다.

푸우우욱!

빠지지직!

"컥!"

단말마의 비명.

그것으로 동구의 숨통도 끝이 났다.

우락부락해 보이는 외형과 달리, 내부까지 단단한 것은 아닌 것 같았다.

물론 외형적으로 향상된 능력, 그러니까 운동신경이라든가 근육량 같은 것은 '일반인' 을 상대함에 있어서는 부족함이 없었을 것이다.

하지만 현성은 일반인이 아니었다.

그들이 생각하는 범주의 몇 곱절, 아니 그 이상을 뛰어넘는 능력을 지닌 존재였다.

현성의 무서움을 알 리 없는 놈들은 현성을 과소평가한 것이다.

슈우우우욱—

화르르르륵…….

동구의 몸도 그렇게 사라졌다.

한 줌의 재로 변해버린 몸.

방금 전까지 우락부락한 몸이 위치하고 있던 자리에는 검붉은 빛의 가루만 흩날리고 있었다.

현성의 신속한 공격에 계속해서 조직원들이 쓰러져 나갔다.

그들이 강해진 것만큼, 현성은 더 강해져 있었다.

체술과 마법을 효과적으로 활용하면서 공략해 오는 현성 앞에서 조직원들은 하나둘 점점 가루로 변해갔다.

현성은 눈빛의 변화 하나 없이 묵묵히 놈들을 제거해 나갔다.

대화의 필요성도, 행동의 이유도 묻고 싶지 않았다.

이미 돌아올 수 없는 강을 건넌 그들에게 정답은 하나뿐이었다.

"끄윽……."

쿠웅!

화르르르륵.

김양철을 제외한 마지막 조직원의 목숨까지 끊어졌다.

그리고 현성의 냉랭한 시선이 김양철에게로 향했다.

김양철은 태연히 어디선가 만들어 온 커피 한잔을 들이켜고 있었다.

"어차피 여기서 한 사람은 죽는다. 굳이 여기까지 온 마당에 피차 서로의 얼굴 정도는 보는 게 좋지 않겠나?"

김양철이 운을 뗐다.

복면 속에 숨겨진 얼굴이 궁금한 모양이었다.

하지만 현성은 대답 대신 복면의 매듭을 다시 한 번 조였다.

"후후, 나중에 벗겨보는 재미도 나쁘진 않겠지. 그나저나 대단한 능력이야. 어디서 얻은 거지?"

"어디서 얻었는지는 중요하지 않아. 난 너처럼 악행을 일삼는데 쓰지는 않았다."

현성이 냉랭한 목소리로 답했다.

"하하하! 크하하하하! 악행? 그건 상대적이지. 선악의 정의 따위는 어디까지나 상대적인 거야. 내가 선이면, 너는 악인 거지. 그렇지 않은가?"

"궤변은 듣고 싶지 않다."

"그래, 좋아. 여기까지 들어왔다는 건, 끝장을 보기 위해 왔다는 소리겠지. 우리의 뒤를 계속 쫓아서 말이야."

"이제 너만 남았다, 김양철."

현성이 손가락 끝으로 김양철을 가리켰다.

적막이 감도는 지하실.

현성의 말대로 이 안에는 이제 김양철과 자신만이 남았다.

"후후, 그래. 알고 있다. 어차피 내 부하들은 그저 총알받이일 뿐이었어. 중요한 알맹이는 주지 않았으니까, 언젠간 죽을 운명이었지. 하지만 나는 다르지! 이봐, 지금이라도 마음을 고쳐먹는 건 어떻겠나. 네가 우리 쪽에 협력할 의지만 있다면, 넌 세상의 그 무엇보다도 더한 부귀영화를 누리면서 살아갈 수도 있다."

"……."

"음지에서의 일은 내가 맡으면 돼! 너 같이 능력이 있는 놈은 그 능력을 더 만개(滿開)시켜줄 수 있는 사람을 만나, 양지에서 활동하면 되는 거야. 어때, 너무 좋지 않나? 매일 밤길을 외롭게 거닐면서 영웅 놀이나 하는 것보다는 말이야. 안 그래?"

더 만개시켜줄 수 있는 사람.

김양철의 말에서 현성은 자연스럽게 그 뒤에 숨겨진 존재도 알게 되었다.

그렇다면… 지금의 김양철을 만들어준 또 다른 능력자가 있다는 것인가?

"그 사람이 누구지?"

"성격이 급하군. 네가 진심으로 마음을 열기 전까지는 알려줄 수 없지. 왜냐면 넌 이미 내가 아끼는 부하 스물일곱을 죽인 놈이니까. 그에 대한 대가 정도는 치러야, 필요한 도움을 주지 않겠나."

"어떤 대가를 치르면 되지?"

"네가 나중에 다른 마음을 먹지 않도록 몇 가지 시술 정도를 해둔다고 표현하면 좋을 것 같은데. 어때? 그러면 넌 앞으로 평생을 돈 걱정하지 않고 살 수도 있다. 더 나아가 이제 점점 모여들게 될, 또 다른 능력자들을 통솔할 수 있게 될지도 모르지. 내가 모시는 분은 큰 꿈을 가지고 있는 분이다. 이미 많은 준비를 하고 계신단 얘기다."

"……."

현성의 머릿속이 혼란스러워졌다.

김양철의 말에 동요되어서가 아니었다.

예상은 했지만, 직접 마주칠 수 없었던 실체.

그 실체의 등장 때문이었다.

이미 조직적으로 남들과는 다른 특별한 능력을 지닌 사람들을 활용할 계획을 세운 존재가 있단 말인가?

그 수가 얼마인지, 그 아래에 누가 있는지는 알 수 없다.

하지만 확실한 것은 지금 마주하고 있는 김양철과 휘하의 부하들은 전부가 아닌 빙산의 일각일 뿐이라는 것이다.

"어때? 구미가 당기나?"

김양철의 뒤에 숨겨진 흑막은 알게 되었다.

하지만 지금 가장 중요한 것은 눈앞의 존재.

세상을 공포에 떨게 만들고, 살인의 만행을 저지른 김양철을 처단하는 일이었다.

"협상은 여기까지 하는 걸로 하지! 타아앗!"

현성이 바닥을 박차고 나서며 김양철에게로 달려들었다.

"영화 속에서는 영웅이 최고일지 몰라도, 현실에서는 개죽음뿐이지!"

파팟!

동시에 김양철도 현성에게 기세 좋게 달려들었다.

"하아압!"

"타아앗!"

탁! 타탁! 탁! 탁!

현성과 김양철의 주먹이 어지럽게 뒤섞였다.

마나 건틀렛을 형성시킨 주먹이었지만, 김양철은 어렵지 않게 현성의 공격을 막아냈다.

일반적으로 강화된 주먹과의 충돌에 고통을 느꼈던 다른 사람들과 달리, 김양철은 자신 역시 강화된 능력을 지니고 있는 듯한 모습이었다.

빠직!

현성이 바로 전류를 형성시켰다.

라이트닝 볼트였다.

순식간에 만들어진 강력한 전류의 파장.

현성의 공격이 빠르게 이어지려던 그때.

스스스스슥.

뻐억!

"크윽!"

예상치 못했던 일이 벌어졌다.

충분한 거리를 두고 떨어져 있었던 김양철이 어느새 자신의 앞까지 쇄도해 들어와, 오른쪽 발을 이용해 그대로 복부를 걷어찬 것이다.

순식간에 벌어진 일이었다.

우당탕탕탕!

현성이 어지러이 지면을 굴렀다.

캐스팅 자세에서 일격을 당한 탓에 구체도 다시 사라졌다.

"너만 특별한 게 아니라고 했다."

"…크윽."

김양철은 기세등등이었다.

그는 현성을 비웃음 가득한 모습으로 내리 깔보고 있었다.

의외의 일격.

승승장구를 거듭해 왔던 자신이기에 갑작스런 충격이기는 했다.

하지만 김양철의 말은 현성 자신이 그대로 돌려줄 수 있는 말이기도 했다.

특별한 것은 김양철만이 아니다.

파앗—

현성이 빠르게 블링크를 시전했다.

수많은 연습을 통해 원하는 위치에 오차 없이 정확한 블링크를 시전할 수 있었다.

"어?"

찰나의 순간.

이번에는 김양철의 얼굴에 당황한 기색이 비쳤다.

현성의 공격 마법에 초점을 두고 있어, 지금처럼 순식간에 위치가 바뀌는 것까지는 예상 범주에 두지 못했기 때문이었다.

화르르륵!

김양철의 등 뒤에서 화염구체가 만들어졌다.

그리고.

퍼억!

화르르르르르르륵!

"크아아아악!"

순식간에 김양철의 옷을 타고 불길이 번져 나갔다.

엄청난 열기였다.

여유로운 움직임을 보이던 김양철도 등을 타고 전신으로 퍼져나가는 화기(火氣)와 열기(熱氣)에는 버텨낼 재간이 없었다.

"블링크!"

현성은 다시 블링크 마법을 이용해 자리를 잡았다.

이번에는 김양철의 정면이었다.

빠지직! 빠지지직!

현성이 빠르게 라이트닝 스트라이크를 형성시켰다.

라이트닝 볼트보다 더 강력한 전류의 파장을 연속으로 발출하는 공격이었다.

"제기랄—!"

김양철이 괴성을 내지르며 불길에 휩싸인 옷을 벗어 던지는 찰나.

슈우우우우—

빠지지지지지지직!

"크, 크, 크아아아아악!"

이번에는 강력한 전류의 공격에 김양철의 전신을 감쌌다.

부하들과는 다른 강체(剛體)를 지닌 김양철이었지만, 이 엄청난 고압의 전류가 쏟아지는 공격에는 견뎌낼 재간이 없었다.

김양철은 자신의 방심 아닌 방심을 후회했지만, 후회를 되돌릴 방법은 없었다.

현성은 우위를 점했을 때, 단번에 끝낼 생각이었다.

김양철이 시종일관 여유로웠던 것은 자신에게 믿는 구석이 있었기 때문일 터다.

그것은 아마도 부하들보다 훨씬 뛰어난 움직임과 강력한 신체조건이었을 터.

하지만 현성에게 틈을 허용하고 말았고, 순식간에 핀치에 몰린 것이다.

시간을 주면 노련한 김양철은 다시 상황을 수습하고, 자신에게 더 빈틈을 허용하지 않을 것이 분명했다.

무리를 해서라도 어쩌면 처음이자 마지막으로 쥐었을 지도 모르는 승기를 확실히 내 것으로 만들어야만 했다.

파앗!

현성이 아직 여유가 남은 블링크 마법을 한 번 더 시전했다.

그리고 동시에 인비저블 마법을 전개했다.

순간 사라진 현성의 모습.

김양철이 온몸을 휘감은 전류의 엄청난 파장을 겨우 견뎌내고 정신을 차리려는 찰나.

현성은 플라잉 마법을 이용해 공중으로 도약했다.

높이는 충분했다.

"어디, 어디로 간 거냐!"

김양철이 소리쳤다.

그사이, 현성은 이미 공중에서 윈드 스피어를 만들어내고 있었다.

일격이었다.

시야에서 현성을 완전히 놓쳐버린 김양철의 빈틈을 노린 한 수였다.

우우우우우웅!

현성의 손을 떠난 바람의 창이 파공음을 내며 김양철을 향해 수직 낙하했다.

목표는 김양철의 머리 한가운데였다.

김양철이 현성의 능력 중 일부만 캐치하고 있었다는 점은 그에게 크나큰 불행이었다.

파공음을 듣고 피하기에는 현성과 김양철의 거리가 가까워도 너무 가까웠다.

"어디에……."

으드드드드득!

듣기만 해도 기괴스럽기 그지없는 소리가 이어졌다.

소리의 방향.

공중을 향해 김양철의 시선이 돌아갈 그 즈음에.

그대로 윈드 스피어의 거대한 공격이 김양철의 얼굴을 짓누른 것이다.

제아무리 강체를 지닌 김양철이라 한들, 의외의 공격에는 무력했다.

찰나의 순간이었지만.

김양철도 현성의 공격이 자신의 얼굴을 정면으로 강타하는 순간.

깨달을 수 있었다.

단 한 번의 실수가 끝으로 이어졌음을.

"으윽……."

풀썩.

자연스레 두 다리의 힘이 풀렸다.

온몸을 지탱해주던 모든 힘이 스르륵 풀려나가는 느낌.

반쯤 비틀어진 목을 따라 꺾여버린 얼굴 때문인지 시야에 들어오는 모든 것들이 사선으로 틀어져 보였다.

탁.

그리고 현성이 김양철의 앞으로 착지했다.

플라잉 마법의 강약을 이용한 안배로 가볍게 지면으로 내려온 것이다.

"네 뒤에 누가 있는지 묻는다고 해서, 알려줄 생각은 없겠지?"

"크크크… 뻔한 질문을… 크컥! 컥!"

입가를 따라 검붉은 핏덩어리들이 쏟아져 나왔다.

이미 창백해져 버린 김양철의 얼굴에서는 점점 생명의 불씨가 꺼져가고 있었다.

"네가 원하던 내 얼굴이다."

현성이 복면의 매듭을 풀었다.

검은 복면이 자연스럽게 아래로 흘러내리고, 복면 안에 숨겨져 있던 얼굴 전체가 드러났다.

"크, 크륵. 커컥. 역시… 너였나. 혹시나 했지만, 그때는 그저 솜씨 좋은… 쿨럭! 쿨럭!"

김양철이 제대로 말을 잇지 못하고 연신 기침을 토해냈다.

"지금이라도 원한다면 네 목숨을 부지하게 해줄 수 있어. 네 뒤에 누가 있는지, 그것만 내게 말해준다면."

현성이 처음이자 마지막으로 김양철에게 제안을 건넸다.

하지만 김양철은 피를 쏟아내면서도 특유의 비소를 머금은 채, 현성을 노려보았다.

"죽는 게 편해……. 어차피 볼 재미는 다 봤다. 하고 싶은 짓도 다 해봤고… 크크큭! 우욱! 커억! 커허허허헉! 크핫핫핫! 으크크크큭!"

소름이 끼칠 정도로 쏟아내는 김양철의 웃음.

그에게서 일말의 반성이라던가 후회, 미안함 같은 것은 보이지 않았다.

'잘 놀다 간다' 라는 느낌이랄까.

자신과 부하들이 저지른 악행에 대해서는 조금의 가책도 느끼지 않는 것 같았다.

"남은 죄 값은 저승에 가서 치러라."

"크크크크큭! 죽어서 실컷 너를 괴롭혀주지…… 크크크큭, 큭큭! 크큭!"

"하아아압!"

귓가에 기분 나쁘게 맴도는 김양철의 목소리를 더 이상은 듣고 싶지 않았다.

현성은 마나 건틀렛의 기운을 잔뜩 머금은 양손을 하늘 높이 들어 올린 뒤, 그대로 깍지를 낀 채 김양철의 머리를 아래로 내려쳤다.

온 힘을 다한 일격이었다.

뻐억!

끝이었다.

분노로 가득 찬 현성의 일격이 김양철의 머리를 내려치자, 그나마 목뼈를 따라 반쯤은 매달려 있던 김양철의 머리가 바닥으로 축 늘어졌다.

그리고.

후드드드득. 후드드드드득.

얼마 지나지 않아 김양철의 몸도 부하들처럼 한 줌의 가루가 되어, 바람에 흩날려 사라졌다.

"……."

횅하니 자신 혼자만 남은 지하실 한가운데.

현성은 주변을 둘러보았다.

방금 전까지 놈들로 가득하던 이 공간은 이제 한 사람만의 공간이 되어 있었다.

결국 김양철도 누군가의 손가락 중 하나였을 뿐, 몸통은 아니었다.

김양철과 그 일파들은 모두 자신들의 악행에 대한 대가를 치렀지만, 그것은 일부에 불과했다.

공허한 느낌이 밀려왔다.

김양철의 뒤에 존재하고 있는 흑막은 이미 김양철뿐만이 아니라, 다른 사람들에게도 손을 뻗고 있다지 않은가.

가늠조차 할 수 없었다.

현성이 힘을 얻던 그 날부터 꼬여버린 것이라면, 이미 수많은 추종자들이 '그'를 따르고 있을지도 모른다.

지난번 전대미문의 살인 사건을 일으켰던 그 살인귀도.

그리고 현성이 상대했던 김양철과 그 일파도.

또 연일 뉴스를 통해 보도되고 있는 수많은 살인 사건의 범죄자들도…….

모두 '그'의 손가락 아래에서 놀고 있는 장기말일지도 모를 일이었다.

주르르륵.

이마를 타고 굵은 땀방울이 흘러내렸다.

온몸이 피투성이였다.

잠시 어딘가에 몸이라도 눕히고 쉬고 싶었지만, 이 기분 나

뿐 공간에는 단 1분 1초라도 있고 싶지 않았다.

공기를 들이마시는 것만으로도 불쾌했다.

*　　*　　*

부우우웅!

현성이 바이크의 방향을 집 쪽으로 향했다.

돌아가 쉬고 싶었다.

지금 당장은 아무것도 생각하고 싶지 않았다.

내일부터 무슨 일이 벌어질지, 이제 어떻게 준비를 해야 할지.

그런 생각도 머릿속에 담고 싶지 않았다.

점점 드러나는 흑막.

그럴수록 무거워지는 마음의 짐은 현성의 머릿속을 복잡하게 짓눌렀다.

우우우우우웅!

점점 빨라져가는 속력, 그리고 차가운 밤바람 속에 현성은 아무 생각 없이 묵묵히 도로를 따라 달리고 또 달리기만 했다.

2장

월야(月夜)

"흠… 어디 보자."

싹둑싹둑.

탁.

한 남자가 신문에 실린 기사들 중 하나를 잘라내어서는 보드 위에 고정시켰다.

얼마 전, 지역 신문에 실렸던 기사였다.

사람들이 기적이라 부르짖는 백운호수의 정화 사건. 지금도 수많은 사이비 교주들이 자신이 행한 기적이라는 허무맹랑한 이야기를 해대는 이 사건은 여전히 미제(未濟)로 남아 있다. 범죄자가 아닌 선행을 펼친 능력자를 찾는 일이지만, 어찌된 일인지 실체조차 판단이 안 되는 것이다. 호수는 오히려 예전보다 더 나아진 수질로 사고의 기억마저 잊어버린 듯, 유유히 흘러가고 있다. 과연 의문의 인물은 어디서, 어떻게 이런 기적을 만들어 낸 것일까?

"기적이 아니야. 그것도 능력이라니까. 다행이야. 하느님의 보살핌이야. 이 사람이 독한 마음을 먹지 않은 건… 후아."

남자가 안도의 한숨을 내쉬었다.

그리고는 목걸이 끝에 매달린 십자가를 조심스럽게 들고는 성호(聖號)를 그었다.

촛불 몇 개가 은은한 조명이 되어 밝혀진 방.

방 한 구석의 탁자 위에는 성모상과 촛대, 그리고 겉이 벗겨질 대로 벗겨진 낡은 성경이 놓여 있었고.

또 한쪽 구석에 마련된 보드판 위에는 수많은 신문 기사들이 스크랩되어 붙어 있었다.

기사들의 내용은 요 근래 발생했던 몇 가지 굵직한 사건들 중에서 분명 사건을 발생시킨 주체는 존재하는데, 그 사건을 종식시킨 주체가 존재하지 않거나 확인되지 않은 사건들에 대한 것이었다.

첫 번째가 바로 백운호수 정화 사건이었다.

“이건 과학의 힘으로도 설명할 수가 없어. 물을 통째로 갈아치우지 않았으니 물리적으로도 불가능해. 누군가가 했겠거니… 하고 넘어갈 만한 일이 아닌데. 이슈가 되기에는 좀 부족했나?”

사제복을 차려입은 남자.

사람들은 그를 박 신부님이라고 불렀다.

아이들은 아버지라 부르며 그를 따랐다.

지금은 파면당해 교적조차 없는 신세였지만, 그래도 하느님에 대한 믿음은 단 한 번도 저버린 적 없는 그였다.

왜 그가 파면을 당했는지, 무슨 일이 있었는지는 아무도 알지 못했다.

그저 어느 순간부터인가 파계 신부가 되어버린 것이다.

이유는 본인만 알고 있었지만, 어느 누구에게도 말해주지 않았다.

그는 아이 열셋을 거느린 고아원의 원장이기도 했다.

자신이 직접 버는 돈, 그리고 연이 닿아 있는 교인들의 후원금으로 아이들을 매일 돌보며 바쁜 나날들을 보내고 있었다.

그것이 세간의 시선들이 알고 있는 박 신부의 모습이었다.

싹둑싹둑.

스으윽.

박 신부가 이번에는 다른 신문에서 또 다른 기사를 잘라내어 붙였다.

세상을 공포에 휩싸이게 만들었던 살인마에 대한 기사였다.

뼈와 살을 발라먹고, 심지어는 내장까지 파먹는 기행을 일삼았던 식인 살인마.

그 역시 어느 순간엔가 영문을 알 수 없는 이유로 사라졌다.

항간에서는 밀항선을 타고 해외로 도피했다거나, 산속으로 숨었다는 얘기가 있었지만.

박 신부는 믿지 않았다.

애초에 고삐 풀린 망아지처럼 살인을 일삼던 놈이 갑자기 모습을 감춘다는 게 더 이상했다.

그전까지 보였던 식인 살인마의 행보는 앞뒤는 전혀 고려하지 않은, 오로지 본능에만 충실한 기행이었기 때문이다.

반드시 용의자의 체포가 필요했던 사건이었다. 이 엄청난 살인을 저지른 괴수가 잡히지 않는다면, 그래서 사건이 미제로 남게 된다면… 언젠가 다시 부활할지 모르는 살인마의 등장에 사람들은 늘 긴장하고 있어야 하기 때문이다.

바쁜 일상 속에서 이런 굵직한 이슈들도 언젠가는 잊혀지게 마련이지만, 그러기엔 너무 참혹했던 일. 하지만 이 사건은 어느 순간엔가, 멈춰버린 시계처럼 끝나버렸다. 용의자는 증발했고, 피해자 유족들의 애처로운 절규만이 남았다.

경찰이 무능력하다고 탓하기엔 갑자기 연기처럼 증발해 버린 용의자의 행적이 너무나도 묘연하다. 해외로 도피하거나 국내에 은신해 있다고 보기엔 그전의 행적이 너무나도 파격적이었고, 죽었다고 보기에는 그 이유와 흔적이 없다. 이 사건의 답에 좀 더 근접하기 위해, 우리는 첫 번째 사건부터 추적해 보기로 했다.

"평택을 지나 서울 쪽으로 오는 와중에 사라졌어. 지금까지 흔적이 발견되지 않는다는 건 산 속에 몸을 숨기고 있거나, 혹은 산 속에서 죽었거나. 전자의 가능성은 없다고 본다면. 후자의 경우에 분명 누군가가 이놈을 기다리고 있었다. 하지만 그 사람은 처음 남부 지방에서 사건이 발생했을 때는 나서지 않았다. 왜일까?"

박 신부의 눈빛이 반짝거렸다.

싹둑싹둑. 싹둑싹둑.

툭. 툭. 탁. 탁.

그의 손길이 분주하게 움직였다.

시간의 흐름을 따라 사건의 기사들도 순차적으로 채워졌다.

박 신부의 관심은 여기서 끝나지 않았다.

다단계 판매회사 해피 앤 러브가 공중분해되던 그 사건에도 의문의 인물은 있었다.

바로 복면인이었다.

모두가 입을 맞춘 거짓말이라고 하기에는 허무맹랑하기 그지없었던 복면인.

사람들은 감히 대항할 수 없는 강한 힘에 억눌려 뭐라도 털어놓지 않으면 죽을 것만 같았다는 용의자들의 진술을 믿지 않았다.

테이저 건 같은 고압의 전류를 썼다느니, 잠긴 문을 통과해 들어왔다느니… 말이 되지 않았기 때문이다.

하지만 박 신부에게는 전부 말이 되는 이야기들이었다.

단지 일반 사람들로서는 자신의 상식이 용납할 수 없는 이야기일 뿐이었다.

박 신부의 관심은 여기서 끝나지 않았다.

지난 초봄에 있었던 중부 지방의 대폭우.

박 신부가 운영하고 있는 고아원 근방까지 물이 차올랐을 정도로 엄청난 비를 쏟아냈던 그때.

그때에도 주목할 만한 이슈들이 있었다.

죽음의 문턱까지 다다랐던 사람들.

그들을 구해준 사람이 있었다.

역시나 이슈는 되었지만, 정체를 알 수 없어 관심 속에서 점점 사라졌던 인물이었다.

그저 의기로운 젊은이, 보이지 않는 영웅 등등으로 포장되고는 점점 잊혀진 사람이지만.

박 신부는 이 사람 역시 과거의 일들의 연장선상에 있는 것이라 생각했다.

"동일인이야. 동일인이 아니고서는 이렇게 의협심으로 똘똘 뭉친 일들을 해낼 수가 없지."

박 신부는 확신하고 있었다.

어떤 단체가 하는 일도 아니고, 전혀 다른 사람이 하고 있는 일도 아니었다.

한 사람이 반드시 존재한다.

스스슥— 슥— 스슥—

박 신부가 옆의 탁자에 놓인 지도를 따라 몇 개의 선을 그었다.

이 일련의 사건들이 발생한 장소를 중심으로 적당한 반경을 포함하는 원을 그리고, 그 접점을 찾은 것이다.

이어서 교집합이 보이는 장소에서 주목할 만한 인물을 찾는다.

그것이 박 신부의 생각이었다.

"음……."

몇 개의 접점이 추려졌다.

그리고 신부의 머릿속에서 수많은 인물에 대한 정보가 스쳐 지나갔다.

지역의 군소 일간지부터 해서 주요 일간 신문까지 모두 읽는 박 신부였기에 예상 인물을 떠올려 보는 것은 어렵지 않았다.

그러던 와중, 뭔가 어울리지 않는 듯하면서도 잘 맞을 것 같기도 한… 묘한 느낌을 풍기는 한 남자가 머릿속에 떠올랐다.

직감이었다.

수많은 인물들 중에서 유일하게 한 사람에게 관심이 간다는 것은 어떤 이유나 자료로 설명하기엔 부족했다.

"백문이 불여일견이지. 마음이 가면, 찾아가보면 그만이다. 내 감이 맞는지 아닌지는 부딪혀 보면 알겠지."

박 신부가 고개를 끄덕이며 자리에서 일어섰다.

머릿속에서 고민해 봤자, 직접 보지 않으면 답을 얻을 수 없다.

끼이이이—

문을 열고 밖으로 나서자, 방 안에 옹기종기 모여 곤한 잠에 빠져 있는 아이들의 모습이 보였다.

천진난만한 아이들.

비록 함께해 줄 부모는 없는 아이들이지만, 박 신부는 이 아이들의 부족함을 어떻게든 채워주고 싶었다.

그리고…….

마음으로 낳고 기르는 이 사랑스런 아이들이 따스한 아침 햇살에 깨어 눈을 떴을 때, 그날의 하루도 아무 일 없는 하루

이길 바랐다.

철컥. 띠리리리.

문이 다시 한 번 열렸다 닫히고.

"콜록콜록."

옷깃을 스치고 들어오는 차가운 밤공기에 박 신부가 마른 기침을 토해냈다.

그리고 스마트폰의 지도 앱을 열어 목적지의 방향을 다시 한 번 확인하고는 차의 시동을 걸었다.

* * *

"아닙니다, 제가 더 감사하지요. 부족한 건 없으십니까? 제안할 부분은 없으신지요? 예, 알겠습니다. 앞으로 좀 더 공격적인 마케팅을 이어나갈 예정입니다. 본점과의 제휴사업까지 본 궤도에 오르면, 더 많은 분들이 찾아오실 겁니다. 제가 최선을 다할 겁니다. 걱정하지 마십시오."

폐점 시간을 훌쩍 넘긴 시간.

상화도, 직원들도 모두 퇴근한 후였지만.

현성은 아직 할 일이 남아 있어 계속 통화를 나누는 중이었다.

분점의 사장들과 일일이 통화를 나누며, 현성은 그들로부터 자신이 캐치하지 못한 현장의 이야기를 들었다.

수정하고 보완할 부분에 대한 이야기도 있었고, 현재 추진하고 있는 아이템들에 대한 칭찬도 있었다.

전반적인 점주들의 반응은 만족에서 대만족이었다.

매상 지표가 증명해 주고 있었기 때문이다.

세간의 평판도 중요하지만, 결국 점주들의 관심사와 최종 목적은 매출을 늘리고 또 늘리는 일이었다.

모든 분점들이 매 월마다 전월의 매출 기록을 갈아치우고 있었다.

점주들의 입가에 미소가 도는 것도 당연했다.

아울러 현성이 직접 운영하고 있는 본점 역시 확장 영업에 힘입어, 매출 기록을 계속해서 경신(更新)하는 중이었다.

며칠간의 휴식은 도움이 됐다.

어느 정도 복잡했던 마음도 정리가 됐다.

재료를 준비하고 만들 때를 제외하고는 상화의 동의를 얻어 사흘간 휴식을 취했던 것이다.

현성은 자신이 지금까지 해왔던 일과 목적을 다시 한 번 깨닫고, 자신이 나아갈 방향을 잡았다.

어차피 외로운 투쟁이 될 것이라 생각했던 일이었다.

더 나아가 여전히 가슴 속에 담고 있는 아버지의 복수, 그 일의 매듭을 짓기 위해서도 포기할 수는 없었다.

자의든 타의든.

자신에게 주어진 능력을 헛되이 포기하고 원래의 삶으로 돌아가기에는 걸어온 발길이 짧지 않았다.

오히려 더욱더 공격적으로 부딪혀 볼 생각이었다.

그래야 김양철의 뒤에 숨겨진 흑막과도 마주칠 수 있을 터였다.

똑똑.

그때, 문을 두드리는 소리가 들렸다.

이미 폐점 시간을 훌쩍 넘긴 시간.

입구와 빌딩 정문에 놓인 입간판에도 개점, 폐점 시간이 적혀 있는 만큼 시간을 착각하고 온 손님은 아닐 것 같았다.

하지만 그렇다고 손님이 아니라 속단할 수도 없는 일.

현성은 옷매무새를 고치고는 문 밖의 손님을 마주하기 위해 천천히 문을 열었다.

"저기……."

문 밖의 손님은 무난한 외모에 정장을 갖춰 입은 평범한 직장인 같아 보이는 남자였다.

남자는 땀을 뻘뻘 흘리고 있었다.

아직 밤공기가 찬 초봄인 것을 생각하면, 꽤나 땀이 많은 사람인가 싶었다.

"퇴근길인데 너무 갈증이 심해서… 물 한잔 얻어 마실 수 있겠습니까?"

남자가 손수건으로 얼굴에 흐르는 땀을 닦아내며 말했다.

꽤나 목이 말랐던 모양이었다.

“예, 알겠습니다. 어려울 것 없죠. 잠시만 기다리세요.

현성은 별다른 생각 없이 물 한 잔을 떠오기 위해 발걸음을 돌렸다.

바로 그때.

“크아아아아앗!”

“블링크!”

현성이 반사적으로 몸이 기억하고 있는 대로 블링크 마법을 시전하지 않았으면, 천만 위험했을 광경이 펼쳐졌다.

불과 몇 초 전까지만 해도 수줍음이 많은… 부끄러움을 많이 타는 직장인의 모습을 하고 있던 남자가 돌변한 것이다.

붉은 피가 뚝뚝 흘러내리고 있는 입.

남자의 벌어진 입 안으로 예기를 잔뜩 머금은 송곳니가 모습을 드러내고 있었다.

어떻게 된 일인 걸까.

의문은 들었지만 그 다음을 생각할 겨를이 없었다.

이미 상대는 자신에게 살의(殺意)를 드러냈다.

스팟!

뻐어어억!

“케헥!”

쿠웅!

현성이 빠르게 마나 건틀렛을 형성시킨 뒤.

블링크 마법을 이용해 이동한 남자의 등 뒤에서 그대로 주먹을 휘갈겼다.

뒤통수에 그대로 명중한 주먹.

남자가 괴성과 침을 토해내며, 그대로 앞으로 고꾸라졌다.

하지만 역시 일격에 끝나지는 않았다.

남자는 바로 자세를 돌려, 현성에게로 시선을 돌렸다.

현성도 단번에 전투가 끝날 것으로는 생각하지 않았던 차였다.

그래서 이미 두 번째 공격이 남자를 향해 날아들고 있었다.

뻐억!

자신의 생각보다 현성의 움직임이 훨씬 빨랐다.

남자가 시선을 돌리는 그 순간, 얼굴 한가운데에 현성의 주먹이 명중했다.

그것으로 끝이었다.

남자의 기억은 현성의 주먹이 얼굴을 강타하던 시점에서 멈췄다.

기절한 것이다.

"…왜지?"

현성이 쓰러진 남자를 보며 이해할 수 없다는 표정을 지었다.

이 사람은 누구인 걸까?

왜 갑자기 자신을 기습한 것일까?

푸슉—

그때.

이번에는 현성의 등 뒤에서 새로운 소리가 들렸다.

"끅!"

현성조차 예상치 못한 곳에서 들려온 소리.

무언가가 박히는 소리가 들렸을 때, 현성은 자신의 빈틈이 노출되었다고 생각했다.

하지만 느낌이 없었다.

그리고 시선을 돌리니, 쓰러져 있던 남자의 등판 위로 은색 빛의 침이 꽂혀 있었다.

사르르륵.

익숙한 광경이 펼쳐졌다.

김양철과 부하들의 최후에서 보았던 그 모습.

바로 산화였다.

방금 전까지 한 남자가 있던 자리는 옷가지만이 남은 텅 빈 공간으로 변해버렸다.

"……."

순식간에 벌어진 일.

현성의 시선은 다시 원래의 위치로 향했다.

은색 침이 날아온 자리.

그 자리에는 정체불명의 한 남자가 묘한 미소를 머금은 채, 현성을 바라보고 있었다.

"예상대로군요."

"…누구… 십니까?"

어색한 인사.

언제부터 자신을 지켜보고 있었는지는 알 수 없었다.

하지만 확실한 것은 이 남자의 최후를 함께 보았다는 것이고.

그 최후를 선사한 것이 저 남자라는 것이었다.

흑색의 신부복을 챙겨 입은 남자의 모습에서는 누가 봐도 신부(神父)임을 부정할 수 없는 느낌이 물씬 풍겨났다.

"후후, 지금의 이런 광경들이 크게 부자연스럽지는 않은 모양이군요. 생각보다 침착한 것을 보면."

"……."

현성은 눈앞의 남자를 우선 경계했다.

현성에게는 새삼스러울 것 없는 전투의 현장.

비록 그 무대가 자신의 매장 앞이 되었다는 사실이 께름칙하면서도 마음에 걸렸지만, 한편으로는 방금 전의 남자와 같은 특별한 상대를 마주한 것이 처음이 아니기 때문에 놀랍지는 않았다.

신부는 그 점을 바로 캐치한 것 같았다.

하지만 그것은 현성 역시 마찬가지였다.

신부 역시 이 상황을 이상하게 받아들이지 않고 있는 것이다.

더 나아가 정체불명의 남자를 제압한 것 역시, 바로 신부였다.

"저만 그런 건 아닌 것 같습니다만."

현성이 운을 뗐다.

이질감이 물씬 풍겨나는 지금의 상황을 자연스럽게 받아들이고 있는 두 사람.

현성은 묘한 동질감은 신부에게서 느꼈다.

"후후, 그런가요? 당연히 그럴 수밖에요. 저 남자를 데려온 사람은 바로 나니까요."

"그건……."

"아! 경계하지는 마세요. 저는 저런 녀석들만을 전문적으로 뒤쫓는 그런 사람이니까요. 단지 이번에는 미끼로 써봤을 뿐입니다. 내가 생각하고 있는 사람이 평범한 사람인지, 아니면 남들과는 조금 다른 특별한 사람인지 말이죠."

"실험해 봤다는 겁니까?"

"직설적으로 표현하자면 그렇겠죠. 물론 평범한 사람이었더라도 큰 문제는 없었을 겁니다. 그전에 내가 저놈의 숨통을 끊어놓았을 테니."

"……."

잠시 동안 적막이 흘렀다.

묘한 동질감의 원천이 바로 그것 때문이었던 걸까?

신부는 자신이 지금 현성의 눈앞에서 한 줌의 재로 변해버린 남자의 뒤를 쫓는 그런 사람이라고 했다.

잠깐의 빈틈을 노리고 현성의 목숨을 노렸던 남자다.

어떻게 생각해도 선한 의도로는 생각할 수 없었던 공격.

그렇다면 신부 역시, 자신과 비슷한… 혹은 같은 방향을 바라보고 있던 사람인 걸까?

"할 말이 많은 건 저뿐만이 아닐 것 같은데. 그렇지 않은가요?"

이번에는 신부가 먼저 말을 건넸다.

현성은 대답 대신 고개를 끄덕였다.

이상해도 한참은 이상한 지금의 상황.

"들어오시죠."

현성은 문 앞에 널브러진 옷가지들을 주섬주섬 챙겨 들고는 신부와 함께 매장 안으로 향했다.

오늘 밤의 이야기는 꽤나 길어질 것만 같았다.

* * *

"오랜 시간 쫓았습니다. 어두운 달빛 아래서 외롭게 투쟁하고 있는 사람이 저뿐일 것이라고는 생각하지 않았거든요. 언젠가 만날 것이라 생각했습니다. 반갑습니다, 박형식이라고 합니다. 편하게 박 신부라 부르셔도 좋고, 이름으로 부르셔도 좋습니다. 나이는… 음. 나이는 무의미할 것 같으니, 편하게 형식 씨라던가 형이라던가, 편한 대로 해도 상관없습니다."

"아직도 이 상황이 자연스럽게 느껴지지는 않네요. 편하게 현성이라고 불러주시면 됩니다. 사장님이라든가, 오너라든가 다른 호칭은 이상해서요. 아까의 상황… 설명해 주실 수 있겠습니까?"

현성의 물음에 박 신부는 고개를 끄덕였다.

서로가 서로에게 느끼는 동질감과 이질감이 공존하고 있었다.

마주보고 있는 상대가 '나쁜 사람' 이 아니라는 것은 두 사람 모두 잘 알고 있었다.

하지만 박 신부의 말대로 홀로 외로이 투쟁을 해온 시간이 길었기에 동반자가 될 수 있을 만한 사람이 나타날 것이라는 생각도 하지 않았던 현성이었다.

"뱀파이어라고 아십니까?"

모를 리 없다.

현성이 고개를 끄덕였다.

영화 속에서나 보았었던 존재들.

하지만 이미 현성 자신이 '평범한 현실' 을 탈피한 존재였기에, 이제는 어떤 이야기들도 '영화 속의 무엇' 이라 치부하기엔 자연스러워져 버린 것이다.

"예."

"이제 막 변해가려던 초짜 뱀파이어라고 해두면 좋겠군요. 자신의 본능을 마음대로 컨트롤할 수 없는, 지극히 감정에 충실한 존재죠. 피 냄새만 맡아도 어쩔 줄 몰라 하는. 일부러 데려온 겁니다. 현성 씨의 실력도 테스트 해볼 겸."

"하지만 제가 평범한 사람일 수도 있었지 않습니까? 그건 너무 위험해 보이는데요."

"이제 막 변이가 시작된 개체는 해독약으로 충분히 해독이 가능합니다. 완숙(完熟)된 개체가 무서운 것이죠."

"그 사람은… 살릴 수 없는 겁니까?"

"안타깝게도 원래의 모습으로 돌아갈 수는 없습니다. 사람들 사이에, 어둠 속에 숨어 사람들의 피를 유린하며 목숨이 끊어질 때까지 살아가거나… 아니면 누군가에 의해 정화되고 죽음을 맞이하는 것. 양자택일이죠. 전자를 선택하면 죄 없는 인명이 희생되니, 후자를 택할 수밖에요."

"음……."

새로운 세계였다.

현성은 전혀 생각해 보지 못했던 또 다른 밤의 세계였다.

"하하하, 서로를 뭔가 평범하게 바라볼 수 없다는 것. 신기하지 않아요? 모든 것이 자연스러운 일상이었는데, 오늘만큼은 나도 바짝 긴장을 하게 되네요. 이런 일은 흔하지 않거든요. 나 같은 사람, 그러니까 평범하지 않은 사람을 만난다는 일이 말이죠."

"저도 그렇습니다. 이야기가 밤을 새울 것 같은 느낌은 저뿐만은 아니겠죠?"

"하하하, 현성 씨의 생각과 같습니다. 이야기 보따리나 풀어볼까요. 궁금한 게 많은데."

"저도 하나부터 열까지 여쭈어 볼 것이 정말 많을 것 같습니다."

현성과 박 신부가 대화를 자연스레 주고받았다.

처음에는 경계 어린 시선을 보냈던 현성의 얼굴에도 이제 어느새 미소가 감돌고 있었다.

아직 많은 대화를 나누진 않았지만, 든든한 동반자를 얻은 느낌이었다.

* * *

"그럼… 놈은 죽었습니까?"

"예."

"죽은 뒤 산화해 버렸다……. 제게는 자주 보는 익숙한 결말이군요. 일반인들에게는 당연히 상식 밖의 죽음이죠. 예상은 했지만 정말 놀라워요. 눈앞에 있는 이 젊은 남자가 바로 '영웅'의 실체였다니……."

박 신부가 가장 궁금했던 것은 바로 연쇄 살인마의 행방이었다.

평택에서 마지막 모습이 발견 된 이후, 소식이 사라진 식인 살인마.

역시나 현성에 의해 최후를 맞이한 모양이었다.

"현성 씨."

"예."

"그 힘을 얻은 게 언제부터인가요?"

"지금 제가 가지고 있는 이 능력들 말입니까?"

박 신부가 고개를 끄덕였다.

그리고는 품속에서 작은 수첩 하나를 꺼내들었다.

수첩에는 첫 장부터 빼곡히 매일매일 있었던 일들에 대한 메모가 적혀 있었다.

"현성 씨가 믿든 안 믿든 자유이지만, 나는 충분히 오랜 시간을 살아왔어요. 외모로 보이는 나이의 몇 곱절 이상의 시간들을. 그 시간들을 나는 기억하고 있죠. 그리고 내가 남겨온 기록들 중에… 눈길을 끄는 굵직한 사건이 일어나기 시작한 건 지금으로부터 약 반 년 전부터에요. 한동안 자취를 감췄던 뱀파이어들이 기승을 부리기 시작한 것도 그때쯤이죠."

"반 년 전쯤이라면 비슷하겠군요. 그 무렵이니까."

"그때부터 많은 것이 변화했어요. 이런 미치광이 살인마 같은 녀석도 등장했고… 양철이파 사건과 같은 일들도 발생했죠. 그들도 평범한 사람이 아니었을 거라고 난 확신합니다."

현성이 대답 대신 고개를 끄덕였다.

박 신부에게 달리 설명이 더 필요해 보이지 않았기 때문이다.

그는 현성과는 다른 관점이었지만, 상황은 정확히 파악하고 있었다.

“신부님이 보시기에도 그 시기부터 여러 가지 의심 사례들이 생겨나기 시작했다는 것이고. 그중에 저의 등장도 있었다는 얘기도 되겠군요.”

“맞아요. 뱀파이어, 그리고 소위 늑대인간이라 불리는 존재들도 그 시기에 폭발적으로 늘어나기 시작했어요. 지금 세간을 떠들썩하게 만드는 살인 사건들에도 포함되어 있지만, 사람들의 관심을 잘 끌지 않는… 이를테면 노숙인의 죽음이라든가 그런 사건들에도 이미 놈들은 모습을 드러내고 있어요. 사람들 틈에 숨어 평범한 사람 행세를 하다가, 기회가 생기면 여지없이 본성을 드러내죠. 차라리 아까 죽은 놈은 바보 같을 정도로 순진하고 멍청한 겁니다. 단지 피 냄새 하나만 맡고 제 뒤를 쫓아왔으니 말이죠.”

“벌써 그렇게 일상 속에 파고들어 있는 상태란 말입니까?”

현성의 표정에는 놀란 기색이 역력했다.

박 신부가 현성의 이야기를 듣고 놀랐듯, 현성 역시 마찬가지였다.

서로 알지 못했던 세계에 대한 이야기를 공유한다는 것은 그 자체만으로도 신선한 충격의 연속이었던 것이다.

"과거의 뱀파이어나 늑대인간이 오로지 본능에 충실해 살인을 일삼고 다닌 존재였다면, 이제는 지능화가 된 거죠. 그리고 과거에는 어느 산골 마을이나 외딴 섬만 찾아가도 충분히 본능을 채울 수 있었지만. 이제는 버튼 한 번에 모든 정체가 탄로나는 그런 세상이 되었으니까. 더욱 교활해질 수밖에 없지요."

"전혀 생각조차 하지 못했습니다. 결국 이런 모든 변화들은… 반년 전. 그때를 기점으로 퍼져 나가기 시작한 거군요. 제가 보던 세상에서, 그리고 신부님이 보던 세상에서… 동시에 말이죠."

"후우, 그렇게 되겠군요."

현성의 말에 박 신부가 한숨을 내쉬었다.

현성 역시 가슴 한편이 먹먹해져 오는 것이 사실이었다.

언젠가는 알아야 했던 사실.

하지만 알면 알수록 불편한 진실을 알게 되었기 때문이다.

"신부님의 도움이 필요합니다. 혼자보다는 둘이 낫지 않을까요?"

"하하하, 내가 왜 여기로 찾아왔는지 이유를 정확히 모르는군요. 그 말은 내가 하러 온 겁니다. 현성 씨, 당신의 도움이 필요해요. 세상은 빠르게 변하고 있어요. 하지만 사람들은 깨닫지 못하고 있죠. 그리고 이해시키기에는 부족해요. 힘을 합쳐야 해요. 난 오랜 기간 동반자가 될 사람을 늘 찾아왔어요. 하지만 쉽지 않았죠. 그리고 이제… 겨우 인연을 만난 겁니다. 실로 오랜만에 말이죠. 후후."

박 신부가 현성을 향해 악수를 청했다.

현성 역시 박 신부의 손을 꽉 맞잡았다.

생각지도 않게 찾아온 인연.

그 인연은 현성의 무거웠던 어깨의 짐을 덜어주고, 힘을 잔뜩 실어주고 있었다.

* * *

"은사(銀絲), 은침(銀鍼), 은탄(銀彈). 그들에게 영원한 안식을 줄 수 있는 선물이죠. 불행하게도 사람들이 익히 영화나 소설로 알고 있는 이 상식은 맞아요. 은(銀)이 있어야만 그들이 저주받은 삶을 털고, 하느님께 갈 수 있어요. 그렇지 않으면 고통 속에서 재생하고 또 살아가야 하죠."

"만약 평범하게 살아가고 싶어하는 사람, 아니 뱀파이어나 늑대인간이 있다면. 그건 가능합니까?"

"불가능하지는 않아요. 피는 꼭 사람에게서 직접 얻지 않더라도 얻는 방법이 있고, 광기에 사로잡힐 때면 약물에 의지할 수도 있으니까. 하지만 그건 매우 어려운 방법이에요. 쉬운 방법으로 욕구를 해결할 수 있는데, 자기를 그 정도로 통제할 수 있는 사람은… 많지 않아요."

"불행한 삶이군요."

"많이 불행한 삶이죠. 자의로 그 삶을 살게 되는 사람은 거의 없어요. 내가 감기를 옮고 싶어서 남에게 옮기는 게 아니듯이. 하지만 이미 돌이킬 수 없는 강을 건넜다면, 어떻게든 안식을 찾게 해주는 것이 내 몫이죠."

현성의 질문에 박 신부는 차분하게 답을 이어 나갔다.

박 신부만큼이나 현성도 그에게 궁금한 것이 많았다.

그리고 이제는 알아야만 하는 세계의 이야기이기도 했다.

"제가 도울 일이 있을까요?"

"하하하, 하나보다는 둘이 더 좋은 법이죠. 해야 할 일은 항상 있었답니다. 다만 손이 부족할 뿐이죠. 우리도 결국 사람일 뿐이고, 같은 시간에 두 곳에 있을 수는 없는 거니까."

"알려주십시오. 제가 도울 수 있도록."

"현성 씨, 한 가지 확실히 해둘 것이 있어요. 나만 도움을 받는 건 불합리하지요. 나 역시 현성 씨를 물심양면으로 돕겠어요. 그 점을 꼭 명심해 주었으면 합니다. 처음부터 그럴 생각으로 찾아온 것이기도 하구요. 정확히 말하자면 내가, 현성 씨에게, 도움이 되고 싶어서 찾아온 것이죠. 악에 맞서 정의를 꿈꾸는 존재가 '유일'하지는 않다는 점을 인지시켜 주기 위해서."

박 신부는 자신의 뜻을 확실히 전했다.

그 말에 현성은 더욱 기운이 났다.

자신에게 도움을 줄 조력자가 나타난 것이다.

두 명의 스승님은 자신에게 새로운 능력을 일깨워 준 은인이기는 했어도, 곁에서 현실적인 도움을 줄 수는 없는 사람이었다.

하지만 박 신부는 달랐다.

직접 마주보고 이런 허심탄회한 대화를 할 수 있는 사람.

그런 사람이 생긴 것이다.

"저 역시 신부님의 밤이 외로운 투쟁이 되지 않도록 도움을 드릴 수 있을 겁니다."

"말만 들었는데도 정말 든든하군요. 하하하."

"제게 알려주실 수 있겠습니까? 어떤 도움이 필요한지."

현성은 바로 본론으로 이어 나갔다.

자신만큼이나 그 역시 외로운 나날들의 연속이었을 것이다.

자신보다 더 긴 시간을 살아왔다면, 그만큼의 외로움도 더했을 터.

현성은 신부에게 실질적인 도움을 주고 싶었다.

그래야 자신 역시, 신부에게서 흔쾌히 도움을 받을 수도 있는 것이다.

"괜찮다면 자리를 옮길 수 있을까요? 몇 마디 말로 풀어내기엔 그 뒤에 숨겨진 이야기들이 너무 많군요."

"좋습니다. 출발하시죠."

현성이 빠르게 자리에서 일어섰다.

평소와는 다른.

특별한 밤, 그리고 손님이었다.

한편으로는 두근거리면서도, 또 한편으로는 더 많은 걱정이 들었다.

자신이 알아가고 있는 새로운 세상.

그리고 새로이 알게 된 또 다른 세상.

이 모든 일들이 자신에게는 '녹록치 않은' 현실이 될 것이기 때문이었다.

* * *

휘이이이이—

교외로 향하는 차 안.

들려오는 것은 바람 소리뿐이었다.

양철이파 사건 이후 흉흉해진 분위기 때문인지, 시가지만 벗어나도 도로가 한산했다.

"요즘은 반사회적인 성향을 띠고 의도적으로 변화를 유발시키는 존재들도 생겨났어요. 다시 말해서 나만 뱀파이어가 될 수는 없으니, 너도 당해보라는 거죠. 그런 식으로 생긴 피해자들도 꽤 있는데, 지금 우리가 찾아가는 곳은 그들의 아지트 중 하나입니다."

"음… 생각보다 일목요연하게 잘 정리가 되어 있네요. 마치 조직적으로 정보를 수집한 것 같은 느낌이 들 정도예요."

"안목이 예리하군요. 맞아요. 조직적으로 수집된 정보죠."

"출처를 여쭤본다면 실례가 될까요?"

"하하하, 그 부분은 노코멘트 해도 될까요? 당사자들이 원치 않는 부분이라."

"그렇게 하죠."

자신에게 웬만한 이야기를 다 들려준 박 신부도 정보의 출처가 어딘지 묻는 것에는 민감한 듯했다.

현성은 굳이 캐묻고 싶지는 않았다.

다만 두꺼운 서류철에 빼곡하게 적힌 내용들은 며칠, 혹은 몇 주의 짧은 시간에 모았다고 하기엔 꽤나 방대한 내용의 자료들이었다.

목적지에 대한 정보 역시 마찬가지였다.

기본적인 위치부터 시작해서 관련된 인물의 정보, 그러니까 대상자가 일반인이던 때의 내용들이 담겨져 있었다.

그리고 현장에서 촬영한 것으로 보이는 사진들도 일부 담겨 있었다.

그 사진 속에는 형체를 알아볼 수 없을 정도로 갈가리 찢겨진 시체 몇 구가 바닥에 널브러져 있었고, 놈들의 입가에서도 붉은 핏물이 뚝뚝 흘러내리고 있었다.

"본의 아니게 내 이야기만 하게 되는 것 같은데. 현성 씨의 얘기도 들어볼까요? 아니면 좀 더 내 얘기를 들려줄 수도 있어요. 궁금한 건 얼마든지. 괜찮으면 담배 한 대만 피워도?"

"상관없습니다."

"고마워요."

치이이익— 후욱—

박 신부가 창문을 살짝 열고는 담배를 입에 물었다.

오른손으로는 운전을 하며, 왼손으로는 자연스레 담배를 피고 창 밖으로 재를 터는 것이 꽤나 몸에 익은 듯한 행동이었다.

"주로 어떻게 싸우시는지 궁금합니다."

현성의 가장 큰 궁금증은 박 신부의 전투 방식이었다.

그는 마법이나 무술 같은 것을 쓰는 것 같지는 않았다.

경황이 없어 매장 앞에서 벌어진 일은 그 과정을 살피지 못했었던 것이다.

"아까도 말했듯이 은사, 은침, 은탄을 쓰죠. 그리고 남들보다 좀 더 빠른 발과 넓은 시야 정도라고나 할까. 그게 전부예요. 현성 씨처럼… 남들과는 전혀 다른 이능(異能)을 펼치는 것과는 조금 다르죠."

"그렇게 긴 시간을 살아오셨다는 건가요? 위험하지 않으셨나요?"

"하하하, 죽음도 한두 번 마주할 때는 두려울 수도 있게 마련이지만, 매일 밤을 죽음과 마주하고 살아가는 사람은 그마저도 당연한 일상처럼 되어버리게 마련이죠. 위험하다는 게 어떤 느낌인지 잊어버린 지도 꽤 된 것 같군요."

후우욱—

박 신부는 능청스레 웃으며 담배 연기를 한 모금 더 빨아들였다.

"솔직히 태연해 보일지 모르겠지만 많이 놀라고 있어요. 뱀파이어, 늑대인간… 이런 것들은 존재할 가능성이 있는 개체라고 생각을 했었으니까. 하지만 현성 씨는 좀 달라요. 그런 능력은… 단순히 모습의 변형 따위로 설명하기엔 무리가 있죠. 물론 그런 힘을 얻게 된 계기나 이유는 묻지 않을 겁니다. 모르고 있는 게 저는 더 즐거우니까요. 이런저런 상상을 하게 되거든요."

박 신부의 얼굴에는 미소가 가득했다.

현성이 박 신부를 신기한 눈빛으로 보고 있는 것처럼, 박 신부 역시 마찬가지였다.

2014년의 대한민국.

그리고 마법이라!

얼마나 이질적인 조합인가?

"이야기가 샜군요. 미안해요."

"아닙니다. 어느 대화도 상관없습니다. 저 역시 지금 이 상황이 싫지 않으니까요."

"하하, 그런가요. 이야기를 이어가죠. 어쨌든 그게 전부입니다. 오랜 기간 축적된 눈치와 움직임으로 버텨온 거죠. 어차피 놈들은 본능 앞에서는 단순하니까. 그리고 본의 아니게 떨쳐버린 제 악명도 한 몫을 하고 있죠."

정면을 응시한 채 운전을 하고 있는 박 신부의 눈빛에서는 깊은 우수함이 묻어났다.

누가 봐도 영락없는 20대 후반, 또는 30대 초반의 외모.

하지만 그의 눈빛은 그 곱절, 아니 그 이상을 뛰어넘을 것만 같은 시간을 머금고 있었다.

촤르륵. 촤르륵.

잠시 적막이 찾아왔다.

현성은 다시 서류로 눈길을 돌렸다.

뱀파이어, 늑대인간들의 다양한 습성…….

그리고 자연스레 사람들의 사이에 섞여 사회의 주류로 편입되어버린 무서운 존재들까지…….

서류에 적힌 몇 가지 보고서 중에는 사회의 주류를 구성하고 있는 굵직한 인물 중에도 이런 존재들이 있을 가능성이 크다고 했다.

하지만 오랜 기간 인간들 틈에 섞여 살아오면서 눈에 띄지 않도록 노하우를 구축했고, 다양한 암적 경로를 통해 본능을 충족시킬 방법을 찾았기 때문에 꼬리를 쫓는 것이 힘들어 더욱 걱정스럽다는 이야기가 적혀 있었다.

현성 역시 비슷한 생각이었다.

비단 그들뿐만이 아니라, 김양철의 배후에 있었던 인물도 평범한 인물은 아닐 것이라는 게 현성의 생각이었다.

폐공장이었다고는 해도 은신처로 쓸 만한 건물을 내어주고, 지하보다도 더 내려간 깊은 곳에 남들의 눈에 띄지 않는 비밀 아지트를 만들어 준 인물이 아닌가?

그런 인물이 지극히 평범한 회사원이라든가… 사회의 소시민(小市民)들 중 하나라고 생각하기엔 무리가 있었다.

스르르르륵—

우우우우웅—

그렇게 현성이 서류의 내용을 마저 다 읽어갈 무렵.

현성과 박 신부가 타고 가던 차가 멈춰 섰다.

박 신부는 빠르게 시동과 헤드라이트를 끄고는 현성에게 나지막한 목소리로 말을 이었다.

"도착한 것 같군요. 여기서부터는 걸어가야 합니다. 그럴 수밖에 없는 길이기도 하죠."

박 신부의 말에 현성이 창밖을 살피니, 저 멀리서 비춰오는 한줄기의 가로등 불빛을 빼고는 아무것도 없는 비포장도로 위에 차가 세워져 있었다.

어두운 산속이었다.

주변에는 마을이라 할 만한, 아니 사람이 사는 것 같은 흔적조차 보이지 않았다.

그야말로 인적이 드문 야산, 그 언저리였다.

"제가 안내하겠습니다. 마음의 준비는 단단히 하시고, 언제든 변수에 대처할 수 있어야 합니다. 혼자 내빼는 건 자신이 있지만… 그럼 현성 씨에게 흠씬 혼쭐이 날 듯하니! 오늘은 주특기인 히트 앤 런보다는 묵직한 사냥에 전념하기로 하지요."

철컥. 철컥.

박 신부가 트렁크에서 몇 가지 물품들을 꺼냈다.

먼저 꺼낸 것은 장궁이었다.

그리고 옆에 놓인 화살통을 꺼내서는 사선으로 어깨에 맸다.

화살통에 가지런히 놓여 있는 화살들은 하나같이 은침이 세공되어 있는 것들이었다.

스슥. 스스슥.

그리고 두꺼운 장갑을 낀 왼손에는 은색 빛을 머금은 실을 조심스럽게 감았다.

허리춤에 끼워 넣은 것은 은탄이 장전된 총이었다.

외형을 보니 실제 권총이라기보다는 박 신부가 개인적으로 손을 본 개량 무기인 것 같았다.

"좀 번잡하지요? 준비물이 많아서. 이게 없으면 도망만 다녀야 합니다. 하하하."

박 신부가 멋쩍은 듯 웃어보였다.

맨손인 현성을 보니 괜시리 부산스럽게 느껴진 탓이다.

"아뇨, 그렇게 생각하실 필요 없습니다. 괜찮습니다. 오히려 든든한 걸요."

현성이 고개를 저었다.

그리고 만약을 대비해 클린 마법을 전개했다.

상대가 뱀파이어고 늑대인간이라면.

아마 가장 예민한 것은 피냄새를 맡을 수 있는 후각과 그 맛에 희열을 느낄 미각일 것이다.

잠깐의 교전이었지만 이미 한 번 전투를 치렀던 두 사람이었다.

만약을 대비해 흔적을 지워두는 것은 나쁘지 않아 보였다.

샤아아아—

한줄기의 청량한 바람이 불고.

그 바람을 따라 옷에 묻어 있던 잡티들과 냄새, 이물질들이 자연스레 씻겨 나갔다.

"이것도 그……?"

"클린, 그러니까 정화라고 하죠. 다양한 역할을 할 수 있습니다."

"백운호수에서의 일도 그럼……?"

끄덕.

박 신부의 말에 현성이 고개를 끄덕였다.

지금 생각해 보면 진짜 온몸이 탈진 상태에 이를 정도로 시간과 노력을 기울여 벌였던 일이었다.

하지만 가장 뿌듯했던 일들 중 하나이기도 했다.

어둠이 걷히고, 새벽의 해가 떴을 때.

그 햇빛 사이로 비친 맑은 호수의 모습은… 말로 형언할 수 없는 뿌듯함을 준 기억이었다.

그때의 현성과 지금의 현성은 또 달랐다.

앞으로 기회와 시간이 충분히 주어진다면, 자신의 손길이 닿을 수 있는 모든 오염된 강이나 호수를 깨끗하게 만들어보고 싶었다.

물론 쉬운 일은 아닐 것이다.

그만큼 소진되는 마나와 체력 회복을 위해 들어가는 시간이 엄청나기 때문이다.

"정말 신비롭군요. 하… 감탄은 여기까지만 할까요? 하하하. 자, 출발하죠."

"그럼 가볼까요."

현성과 박 신부가 움직이기 시작했다.

목적지는 산 속에 숨은 채, 점점 나락으로 떨어져 가고 있는 뱀파이어들이 모여 있는 은신처였다.

현성은 직접 눈으로 보고 싶었다.

* * *

달빛 하나에 의지한 채 걷는 산길은 무척이나 어두웠다.

파이어 볼을 이용해 시야를 밝혀볼까도 생각했지만, 이런 어두운 산 속에서는 약간의 불빛도 눈에 띄기 쉬웠다.

박 신부는 능숙하게 산을 타며 빠르게 움직였다.

암행(暗行)이 능숙해 보였다.

현성 역시 부지런하게 뒤를 따르고는 있었지만, 오랜 기간의 산행에 다져진 박 신부만큼 빠르지는 못했다.

어쨌든 산행은 계속됐다.

산 속으로 깊이 들어갈수록 수풀은 더 빽빽해졌고, 그 틈을 비집고 겨우 들어오던 달빛도 사라져 갔다.

그렇게 걷기를 약 30분 여.

"……."

갑자기 느껴진 한기에 현성과 박 신부가 거의 동시에 멈춰 섰다.

두 사람은 서로를 마주보며 무언의 대화를 주고받았다.

강한 살기를 머금은 느낌.

가까운 곳에 그들의 은신처가 있는 것이다.

끄덕. 끄덕.

다시 한 번 주고받은 무언의 대화.

두 사람은 조금의 소리조차 나지 않게, 아주 조심스럽게 살기의 근원지로 이동하기 시작했다.

*　*　*

“제발 부탁합니다. 제발…….”

“그럼 네 목숨 대신 바칠 사람을 더 데리고 와. 그러면 살려줄 테니까.”

“예에, 예에! 사람은 얼마든지 구해올 수 있으니 제발 살려주십시오. 죽고 싶지 않아요.”

“나 참… 네 한 목숨 살리겠다고, 다른 사람 죽는 건 괜찮고?”

“그래도 제발… 살고 싶습니다. 부탁드립니다.”

“어차피 상관없잖아. 술이나 처먹고 길바닥에 드러누워 자는 꼴사나운 사람 하나 죽는 것 정도는……?”

“아아, 제발!”

“어이, 친구들! 생각들은 어때? 이놈이 그렇게 살려달라고 발버둥을 치는데. 살려주고 몇 놈 더 물어올까? 아니면 바로 끝을 볼까?”

“저런 놈, 죽어도 상관없어. 더 이상 참을 수 없어. 당장 먹을 수 있는 모든 건 다…… 먹고 싶다.”

“더 이상은 못 참아!”

“죽여! 죽여버리자고!”

“아아아아아악! 제발!”

실오라기 하나 없게 발거 벗겨진 중년의 남성이 엎드린 채 두 손이 닳도록 싹싹 빌고 있었다.

그를 지켜보고 있는 것은 어림잡아 열 명은 족히 넘어 보이는 남녀였다.

그중 가장 키가 큰 남자 하나가 중년의 남성 앞에서 이런저런 이야기들을 이어나가고 있었고, 나머지 구성원들은 저마다 바윗돌이나 나무 기둥에 기대어 남성을 바라보고 있었다.

눈빛은 예사롭지 않았다.

종종 입맛을 다시는 자들도 있었다.

한편으론 우수에 가득 찬 슬픈 눈빛으로 멍하니 남자를 바라보는 여인의 시선도 있었다.

"내가 잡아왔으니, 첫 시식은 내가. 이의 없지?"

키 큰 남자의 말에 모두가 대답 대신 조용히 고개를 끄덕인다.

가장 먹잇감이 생기가 넘칠 때, 그 기운을 머금은 뜨거운 피를 들이키는 것은 참지 못할 쾌감을 가져다준다.

성욕(性慾)?

필요 없었다.

단 한 번의 흡혈로도 성교보다 더 한 짜릿함을 가져다주는 오르가즘이 수십, 수백 번이 반복됐다.

굳이 이런저런 전희와 인내의 시간을 투자해 가며, 기다릴 필요가 없는 것이다.

그래서 대다수의 젊은 청춘남녀들이 이 자리에 모여 있지만, 서로에 대한 호감이라든가 관심 자체가 없었다. 그저 당일에 순번이 된 사람이 먹잇감이 될 상대를 물어오고, 그때에 맞춰 주체할 수 없는 흡혈의 쾌감을 맛보면 되는 것이다.

"제발 부탁드립니다!"

"이 새끼, 정말 시끄럽네!"

중년 남성의 처절한 몸부림이 무색하게 키 큰 남자는 그대로 오른팔을 들어 올린 뒤, 중년 남성의 머리를 주먹을 이용해 수직으로 내리쳤다.

빠어어억!

"컥!"

그 순간, 중년 남성의 두 눈의 초점이 흐려졌다.

그리고 정신을 잃은 듯, 비틀거리며 쓰러지려는 찰나.

콰악!

"크컥!"

키 큰 남자의 날카로운 두 이빨이 그대로 중년 남성의 목 옆을 물었다.

츄르르릅— 츄르르릅—

마치 과일 쥬스를 빨대로 들이키는 듯한 기괴한 소리가 터져 나왔다.

생생한 흡혈의 현장이었다.

자신의 차례를 기다리고 있는 다음 순번의 동료들은 저마다 입맛을 다시며, 키 큰 남자의 흡혈을 부러운 눈빛으로 지켜보고 있었다.

"크아아아아아! 좋아, 좋다고! 다들 뭐하고 있어! 시작하자!"

"흐흐흐흐흐."

"크크크크큭."

키 큰 남자의 허락이 떨어지자, 기다렸다는 듯이 남녀들이 움직이기 시작했다.

굶주림에 지친 하이에나처럼 여기저기서 몰려드는 남녀들.

그들은 저마다 누가 먼저랄 것도 없이 날카로운 송곳니를 드러내고는 쓰러진 중년 남성의 몸 여기저기에 이빨을 박아 넣었다.

"끄극. 끅. 끅."

이미 꺼져가는 생명의 불씨 속에 가쁜 숨을 몰아쉬고 있는 중년 남성은 자신이 계속 신음을 토해내며 빠르게 쪼그라들고 있었다.

"어이! 그 쪽은 생각 없나? 힘들 텐데?"

"…신경 쓸 것 없어."

"나야 상관없지. 나중에 징징대거나 뒤지지나 말라고. 책임은 아무도 안 져준다. 네 순번 때 할 일이나 까먹지 말고."

"……."

츄르르릅. 츄르르릅.

모두가 뜨거운 피맛을 보는 동안.

이를 지켜보던 한 여인은 찌푸린 인상으로 자리에서 일어나 산길을 따라 걸었다.

참을 수 없는 흡혈의 욕구가 깊숙한 곳에서부터 목 끝까지 치밀어 올라왔다.

당장에라도 살점 사이로 이빨을 파묻고, 뜨거운 핏물을 들이키고 싶었다.

하지만… 그럴 수 없었다.

아니, 그래선 안 되었다.

"하……."

한숨이 흘러 나왔다.

돌아가고 싶었다.

가족들은 여전히 자신을 기다리고 있을 것이다.

그리고 비록 사랑하는 사람과는 그렇게 헤어지고 말았지만… 그래도 스쳐 지나가며 만나는 인연처럼이라도 얼굴 정도라면 어떻게든 볼 수도 있을 것이다.

하지만 여기선… 그저 매일 매시간에 본능에만 충실한 채, 무의미한 시간을 보내는 것의 연속이었다.

더 나아질 것은 아무것도 없었다.

이렇게 매일 죄 없는 인명이 희생되고 있는 것이다.

"싫어… 난 싫다구. 내가 원했던 것도 아니었는데……."

그녀는 산길을 따라 걷고, 또 걸었다.

지금은 저 추악스런 광경에서 최대한 멀리 떨어져 있고 싶었다.

보고 싶지 않았다.

내 운명이라고 믿고 싶지도 않았다.

* * *

"한 발 늦은 것 같습니다."

"그래 보이는군요."

"주의할 점은?"

"물리지만 않으면 됩니다. 가장 치명적인 것은 그거죠. 다른 건 없습니다. 이제 막 흡혈을 끝냈으니… 모쪼록 신체적인 능력을 얕봐서도 안 됩니다."

현성과 박 신부가 현장에 도착했을 때.

이미 근처에는 주인을 잃은 팔다리 조각이 떨어져 있었다.

이제 막 피가 굳기 시작한 것으로 봐서는 방금 전까지 목숨이 붙어 있었던 사람의 신체 일부 같았다.

이젠 이런 광경은 아무렇지도 않았다.

사람의 모습을 하고 있던 자들이 한 줌의 재가 되어 사라지고.

사람의 내장과 살을 파먹는 식인 살인마가 등장하고.

그런 모습들이 이제는 너무 익숙해진 것이다.

"지원해 주십시오. 제가 먼저 들어가겠습니다."

"괜찮겠어요?"

"후후, 새삼스러운 일은 아니라서 말이죠."

현성이 앞장섰다.

전장을 휘저으며, 다수의 적을 타격하는 것은 아무래도 박 신부보다는 자신이 더 익숙했다.

"빠져나가는 놈들이 없도록 지원하겠습니다."

"자, 그럼… 제 모습이 보이지 않더라도 당황하지 마시고."

"음?"

스르르륵.

바로 그때.

현성의 모습이 박 신부의 눈앞에서 사라졌다.

어둡거나 보이지 않아서가 아니었다.

정말 사라진 것이다.

"오……."

박 신부는 자신도 모르게 감탄사를 내뱉었다.

경이로운 광경이었다.

정말 이런 것이 가능하단 말인가?

자신의 두 눈을 의심했지만 사실은 사실이었다.

"들어가죠."

허공 속에서 현성의 말이 들렸다.

동시에 현성은 눈앞에 보이는 동굴, 그 안에서 새어나오고 있는 불빛 속으로 빠르게 움직였다.

헤이스트 마법과 블링크 마법이 약간의 간격을 두고 빠르게 시전됐다.

순식간에 박 신부에게서 멀어진 현성은 동굴 안으로 빠르게 입성했다.

그리고 두 눈에 보이는 광경들과 조우했다.

동굴 바닥에 흥건한 핏물들.

미처 버려지지 못한 살점과 뼈의 흔적들.

입가가 시뻘겋게 변한 남녀들은 저마다 자리를 잡고 누워서는 마치 포식을 하고 난 것마냥, 꺼억꺼억거리며 들이켠 핏물의 후회를 느끼고 있었다.

"……."

그리고 현성의 시선 동굴 한가운데 놓인 한 중년 남성의 머리에 고정됐다.

방금 전까지 숨이 붙어 있었을 한 남자의 머리.

이미 몸뚱이를 잃고, 생명력을 잃어버린 남자의 머리는 눈을 감지도 못한 채, 초점 없는 모습으로 허공을 응시하고 있었다.

눈가에 살짝 보이는 눈물 같은 것은… 아마도 그가 마지막으로 기억했던 삶의 의지이리라.

화르르르륵.

현성이 파이어 볼 마법을 캐스팅했다.

"하앗!"

일갈과 함께 날아든 불길!

그 순간, 드러누워 휴식을 취하던 뱀파이어들이 황급히 자리에서 일어서기 시작했다.

"뭐, 뭐야!"

"아악, 불이다!"

시선은 확실히 끌렸다.

갑작스레 날아든 불길에 시선이 고정된 사이.

슈아아아아아!

빠아아악!

"으컥!"

허공을 가르며 날아든 현성의 윈드 스피어가 한 남자의 뒤통수에 명중했다.

방금 전, 가장 먼저 흡혈의 쾌감을 만끽했던 키 큰 남자였다.

바로 그때.

쉬이이이이익! 푸욱!

"크악!"

동굴 밖에서 날아든 한 대의 화살이 키 큰 남자의 왼쪽 가슴을 관통했다.

푸화아아아아악!

상처를 비집고 쏟아져 나오는 피.

키 큰 남자는 자신의 가슴을 뚫고 나온 화살을 보고는 망연자실한 표정으로 뒤를 돌아보았다.

"사냥꾼… 이야."

뱀파이어들은 박 신부를 사냥꾼이라 불렀다.

마치 자신들을 죽이기 위해 만들어진 기계처럼, 오로지 자신들만을 추격해 왔었기 때문이었다.

"사냥꾼?"

"아……."

키 큰 남자의 한마디에 동굴 안의 분위기도 일순간에 뒤바뀌었다.

박 신부의 악명은 그만큼 대단했다.

그 때문일까?

그들은 정작 박 신부보다 더 중요한 적수인 현성에 대한 포커스를 잃고 말았다.

빠지지직! 빠지지직!

"으아아악!"

"크악! 으악!"

현성의 라이트닝 스트라이크가 작렬하자, 사방에서 아우성이 터져 나왔다.

현성의 마법 공격은 그들에게는 너무나도 생소한 것이었다.

아니, 상식의 범주 안에서 전혀 예상할 수 없는 것이기도 했다.

타앙!

현성이 그들 사이를 휘저으며 정신을 빼놓으면, 박 신부는 그 틈에서 집중력을 잃어버린 자들을 저격했다.

박 신부는 다른 곳을 노리지 않았다.

왼쪽 가슴과 머리.

단 한 발의 상처로 즉사할 수밖에 없는, 재생조차 꿈꿀 수 없는 자리만을 노렸다.

"여기야! 이놈이야!"

이윽고 현성의 인비저블 마법이 풀리자, 자연스레 모습이 드러났다.

하지만 대응하기에는 역부족이었다.

몸이 풀린 현성은 헤이스트 마법을 이용해 그들 사이를 휘저으며, 마나 건틀렛으로 강화된 주먹을 이용해 쉴 새 없이 타격을 퍼붓고 있었다.

"사냥꾼을 죽여! 저 인간을 죽이라고!"

그들은 우선순위를 현성보다 박 신부에게 두는 것 같았다.

단 한 번의 일격에 목숨을 잃을 수 있는 것은 현성보다 박 신부가 더 가능성이 높았기 때문이다.

하지만 그건 명백한 오산이었다.

샤아아아아!

콰쾅! 쾅! 퍼퍽! 퍽!

현성이 전개한 매직 미사일이 충돌하자, 동굴 안이 심하게 흔들렸다.

"우웨엑!"

매직 미사일을 정통으로 맞은 두 놈은 바로 토악질을 하며, 방금 전 들이켠 핏물들을 뱉어냈다.

동굴 벽면에 맞은 매직 미사일은 여기저기서 돌덩이들을 떨궈냈다.

"신경 쓰지 마! 신부를 죽여!"

"쉽지 않을 텐데!"

애써 현성을 무시하려는 그들.

현성은 어떻게든 박 신부를 제거하려고 하는 그들의 뒤를 빠르게 쫓았다.

그리고.

화르르륵!

손끝에 형성된 파이어 볼.

홱!

"크악!"

현성이 손을 뻗어, 박 신부에게 달려가던 남자의 머리채를 잡아끌었다.

"못 간다."

현성이 짤막한 한 마디와 함께 그대로 벌어진 남자의 입 안으로 불덩이를 밀어 넣었다.

"으아아아악!"

태어나서 처음이자 마지막으로 겪어보는 엄청난 고통일 것이다.

입 안으로 들어간 파이어 볼의 엄청난 불길.

그 상태로 현성은 주먹을 아래에서 위로, 남자의 턱뼈 밑을 노리고 후려쳤다.

빠득!

턱뼈 부러지는 소리와 함께 닫혀버린 입.

그 순간 남자의 얼굴이 시뻘겋게 변하며, 금방에라도 타오를 것처럼 부풀어 오르기 시작했다.

퍼어어엉!

마치 폭죽이 터지듯, 터져버린 남자의 머리 위로 불길이 치솟았다.

즉사(卽死)였다.

"……."

현성이 위력을 실감한 뱀파이어들의 눈빛이 달라졌다.

입구에는 박 신부.

그리고 동굴 중앙에는 사방을 휘저으며 공격을 퍼붓고 있는 현성이 있었다.

현성의 위력까지 실감하고 나자.

그들은 전의를 잃었다.

애석하게도 이 상황을 빠르게 타개할 만한 능력이 그들에겐 없었던 것이다.

일방적인 전투가 이어졌다.

육체적인 능력이 강화 된 자들이라고 해도, 현성의 기동력을 따라갈 수는 없었다.

헤이스트, 블링크, 인비저블 마법의 적절한 조화는 시야에서 현성을 계속 놓치게 만들었다.

그리고 현성에게 빼앗긴 시선으로 인해, 박 신부의 공격에 고스란히 노출되면 어김없는 즉사로 이어졌다.

방법은 없었다.

목숨을 구걸할 기회조차 주어지지 않았다.

전투가 벌어진지 약 10분 여.

동굴 안에 상주 중이던 뱀파이어는 전원이 몰살당했다.

그리고 생기를 잃은 동료들이 그런 것처럼, 한 줌의 재가 되어 옷가지만을 남기고는 사라졌다.

"…말도 안 돼. 저 사람이……?"

현성과 박 신부의 협공으로 뱀파이어들이 하나 둘 최후를 맞이하고 있을 무렵.

산책 삼아 산길을 거닐고 돌아온 그녀는 동굴 안에서 펼쳐지고 있는 광경에 놀라움을 금치 못하고 있었다.

그녀는 재빨리 어둠 속으로 몸을 숨겼다.

그리고 자신의 동족, 아니 처음부터 동족이 되길 바라지 않았던, 꿈꾸지 않았던 자들이 사라지는 모습을 보았다.

그 와중에 다행이란 생각도 들었다.

매일 저들의 손에 죽어가던 죄 없는 사람이 얼마나 많았던가.

그중에는 여전히 애타게 가족들이 찾는 사람들도 있을 것이고, 누군가의 여자 혹은 남자 친구였거나, 남편이나 부인이었을 수도 있을 것이다.

살인이란 악행을 저지르면서도 반성하는 기색 하나 없이, 본능에만 충실했던 그들.

어쩌면 저런 죽음은 당연한 결과일지도 몰랐다.

하지만 자신 역시 부정할 수 없는 동류였다.

초인적인 정신력으로 하루하루를 버티고 있는 것이다.

그 와중에 그녀의 눈에 들어온 것은 너무나도 익숙한 얼굴이었다.

바로 자신이 술기운에 종종 찾던 그 집.

따뜻한 뚝배기 한 그릇… 의 주인이었던 현성의 모습이었다.

혹시나 하는 마음에 다시 살폈지만, 똑같았다.

현성이었다.

살갑게 자신을 맞아주고, 자신을 위해 폐점 시간도 미뤄주던… 친절한 젊은 사장님, 바로 그였다.

그는 신부로 보이는 다른 남자와 함께 거침없이 뱀파이어들을 사냥하고 있었다.

그리고 어느새… 상황은 정리됐다.

방금 전까지 바글바글하던 동굴 안은 두 남자를 제외하고는 아무 생기도 돌지 않는 그런 곳이 되어버렸다.

"아아……."

이유 모를 탄식이 터져 나왔다.

가까이서 볼 수 있었던 인연 중 한 사람이 자신이 가장 두려워해야 할 사람이었던 걸까.

그리고 그의 곁에는 더 악명 높은 사람이 함께하고 있었다.

"어디로… 가야 하지? 어디로……?"

그녀의 눈가에 눈물이 가득 고였다.

힘들 때.

변화된 자신의 모습을 견뎌낼 수 없을 때.

본능적인 욕구를 참고 참아.

그리고 의지할 수 있는 사람조차 없어 힘겨운 마음에 찾아갔던 것이 바로 저 사람이었다.

잠깐의 대화였지만, 그래도 이야기를 나누고 나면 후련한 구석은 있었던 것이다.

하지만 하늘은 그런 인연마저도 허락하고 싶지 않았던 것 같았다.

터벅터벅.

그녀가 황급히 발길을 돌렸다.

여기서 계속 흐느끼고 있다간 자신도 타깃이 될 수 있었다.

저 사람은 아니더라도, 옆에 있는 신부는 자신에게 일말의 연민이나 동정도 느끼지 않을 것이다.

죽고 싶지 않았다.

아직은 살고 싶은 욕망이 더 강한 그녀였다.

우선은 도망쳐야 했다.

내일은 중요하지 않았다.

그저 현재, 지금 이 순간 목숨을 붙이고 사는 게 유일한 목표이자 삶의 전부였다.

3장
출발! 드림팀!

"새벽에 만났던 자들은 정말 하류층에 불과하죠. 이제 막 변화가 시작되어서 자신들을 컨트롤할 수 없고, 그 능력을 알맞게 사용할 수 없는 자들입니다. 손쉬운 상대이기도 하죠."

"가장 무서운 건, 태연하게 사람들 사이에 섞여 살고 있는 자들이겠군요."

"그렇습니다. 이들을 알아내는 것은 정말 어렵습니다. 전혀 다른 사람의 얼굴을 하고 있으니까요."

"그렇군요."

"전투를 치러 보니 더 실감이 나더군요. 현성 씨는 하느님이 내리신 사람일지도 모르겠다는 생각이 들었습니다. 이질적이지 않은 느낌으로 받아들이려면, 저도 시간이 필요할 것 같을… 현란한 능력이었습니다. 현성 씨가 저와 같은 방향을 바라보고 있다는 게 얼마나 다행인지 모르겠군요."

"그러실 것까지 없습니다. 저는 제가 하던 대로, 목표를 잃지 않고 달려가고 있을 뿐입니다."

"조만간 또 찾아뵐 겁니다. 저를 쫓는 눈이 많은 만큼, 먼저 제가 사는 곳… 그 위치를 말씀드리지 못함을 이해해주셨으면 합니다. 다만 다음에는 좋은 장소로 안내하지요."

"괜찮습니다. 저보다는 신부님이 더 걱정됩니다. 괜찮으시겠습니까?"

"후후, 이래봬도 원래의 모습으로 돌아가면… 알아보는 건 사랑스런 우리 아이들 밖에 없지요. 그럼, 곧 바로 찾아오겠습니다. 매장으로 몇 개의 우편물이 갈 수도 있습니다. 버리지 말고 꼭 확인해 주시기 바랍니다."

"예, 알겠습니다."

"그럼……."

탁!

부우우우웅!

현성을 매장 근처에 내려준 박 신부는 자신의 차를 몰고는 어둠 속으로 빠르게 사라졌다.

아직도 여전히 새벽이었다.

현성은 자신의 매장으로 돌아와 문을 열었다.

불은 켜지 않았다.

조용히 의자에 걸터앉은 현성은 어둠 속에서 깊은 생각에 잠겼다.

박 신부와의 만남.

그리고 새로이 알게 된 또 다른 세계.

2014년, 대한민국이라는 땅덩이 위에서 경험할 수 있을 것이라고는 생각도 해보지 못했던 일들이 지금 이 시간에도 벌어지고 있었다.

마치 오래전, 이름 난 예언가들이 말했듯…….

혹시 이런 모든 것들이 종말이나 말세와 연결된 그런 일들인 걸까?

이런저런 생각을 하다 보니 생각의 날개도 다양하게 펼쳐졌다.

―생각이 많아 보이는구나. 네 세계에서는 익숙지 않은 일인 것이냐?

그때, 자르만이 말을 걸어왔다.

생각해 보니 박 신부와의 첫 만남이 있었을 때부터 지금까지.

분명 자신을 지켜보고 있었을 스승은 아무 말도 없었다.

"예. 전혀 예상치 못한 일이었습니다."

―저 사제는 아마도 성직자이겠구나.

"그런 것 같습니다. 오랜 기간 단련된 그런 사람인 것 같았습니다."

—아까 네게 넌지시 했던 말을 기억하느냐? 믿든 안 믿든 자신은 충분히 오랜 시간을 살아왔다고 하던 그 말, 말이다.

"예, 기억하고 있습니다."

—내 눈에는 그 말이 허튼 소리 같지는 않아 보이는구나. 몇 년, 몇 십 년을 이야기하는 것이 아니다. 그 이상일 수도 있어.

"그렇습니까?"

—내 눈에는 보이는 구나.

박 신부의 말을 대수롭지 않게 생각했던 현성이었다.

오랜 시간을 살아왔다는 말.

그 말의 의미를 어렸을 적부터 뱀파이어들을 상대해 왔고, 그 시간이 꽤나 오래되었다… 는 정도의 뜻으로 받아들였던 현성이었다.

몇 십 년, 그 이상?

자르만의 말대로라면 30대 초반의 외모를 지닌 박 신부의 모습은 이해가 가지 않는다.

"그게 중요한 건 아닌 것 같습니다. 차차 알게 되겠죠. 저에게, 그리고 박 신부님에게 우리는 서로가 서로의 조력자가 될 테니까요."

—그건 좋은 소식이구나. 하지만 경계를 게을리하지 말거

라. 가장 큰 비수는 눈앞의 적이 아닌 등 뒤의 아군이 꽂을 때 더 치명적이고 돌이킬 수 없는 법이다.

"알고 있습니다."

자르만의 걱정 어린 말에 현성이 고개를 끄덕였다.

그리고는 말을 다시 이어나갔다.

"스승님."

—음? 이 목소리는 항상 네가 나에게 무언가를 요구하려 할 때, 듣는 목소리인데…….

"맞습니다. 스승님, 부탁드릴 게 있습니다."

—듣지 않아도 짐작은 간다만, 말해보거라. 도울 수 있는 건 무엇이든 도울 테니.

"좀 더 강해져야 합니다. 어떤 방법이든 상관없습니다. 지금보다 더 강한 힘을 가질 수 있도록 해주실 수 없겠습니까?"

—어느 정도를 원하느냐?

"한계를 정해놓고 있는 것이 아닙니다. 지금 제 상태에서 극한, 최대로 강해질 수 있는 만큼 강해지고 싶습니다."

—네게 더 많은 짐이 주어졌다고 생각하는 모양이로구나.

"예. 불편하든 그렇지 않든 새로운 진실을 알게 되었지 않습니까? 지금보다 더 강해지지 않으면, 제 스스로를, 그리고 제 곁의 사람들을 지킬 수 없을지도 모른다는 생각이 듭니다."

오늘의 전투로 더 명백해졌다.

뱀파이어들에 대한 이야기도.

어쩌면 세상에서 벌어지고 있는 위험한 일들 중 하나일지도 모른다.

누군가는 그렇게 말할 수도 있을 것이다.

왜 오지랖 넓게, 앞으로 벌어질 일들, 그 모든 일들에 대해 책임을 지려고 하냐고.

아무도 알아주지 않는 어두운 밤하늘 아래서의 영웅 놀음을 왜 하느냐고.

하지만… 이건 자신이 아니면 그 누구도 할 수 없는 일이었다.

자의든 타의든 정해진 운명을 현성은 피해가고 싶지 않았다.

자신에게 주어진 이 엄청난 능력들을 그저 수수방관하고 모른 척하며 흘려 내보기엔, 눈에 보이는 일들이 너무나도 많았던 것이다.

—시간을 줄 수 있겠느냐? 입마는 순식간에 이뤄질 수는 없는 법이다. 그에 따른 안배와 강약 조절이 필요하지. 속성이면 속성일수록 더더욱…….

"입마라 하시면?"

—말 그대로다. 흑마법의 본질, 그 오의에 가까이 접근하기 위해서는 완벽한 흑이 되어야만 한다. 그러기 위해서 필요한 과정들은 피해갈 수 없고, 반드시 부딪혀야만 하는 것들이지.

"알겠습니다."

—준비하고 있거라. 지금까지의 수련이나 네가 우리를 처음 보았을 때의 그 고통의 곱절, 아니 그 이상을 뛰어넘는 고생이 될 것이다.

"각오하고 있습니다."

자르만의 말에 현성이 살짝 굳은 표정으로 고개를 끄덕였다.

결코 쉬운 일이 될 것 같지 않았다.

자르만이 저 정도로 말할 수준이라면, 생각하는 그 이상의 고통이 뒤따를 터.

꿀꺽.

현성은 마른 침을 삼켰다.

—일리시아와 네가 단번에 더 강해질 수 있는 최상의 조합과 그 방법을 고려해 보마.

"예, 스승님!"

— 그럼 잠시…….

말끝이 흐려지며, 자르만의 목소리도 점점 멀어져 갔다.

입마.

두 글자의 단어로도 체감이 충분히 됐다.

강해지는 만큼 따를지 모르는 고통.

하지만 피하고 싶지는 않았다.

*　　*　　*

이후 며칠간은 평온한 나날들이었다.

박 신부로부터 연락도 달리 없었고, 사회를 떠들썩하게 만들 만한 이슈도 없었다.

늘 그렇듯 뉴스나 신문 기사들은 선거를 앞둔 정치판의 다양한 이야기들과 루머들로 채워졌고, 양철이파 사건도 수사에 진척이 없고 더 이상의 피해 소식이 없자 점점 사람들에게서 잊혀져 갔다.

현성은 만약을 위해 항상 대비하고 있는 한편, 오래전부터 공을 들여 추진해 온 사업에 박차를 가하기 시작했다.

드림팀의 구성이 거의 끝나가고 있었던 것이다.

정유미의 풍부한 경험과 인맥을 바탕으로 닿은 맛의 '장인' 들과의 인연 중에서, 현성이 남긴 장문의 글과 취지에 공감한 사람은 총 다섯.

다섯 사람 외에도 현성의 제안에 솔깃하거나 혹은 고마움을 느낀 사람도 있었지만, 그전에 다른 사람들로부터 받은 상처가 심해 쉽사리 다시 시작할 수 없겠다는 사람들도 많았다.

현성은 아직 마음의 준비가 되지 않는 사람들에게 강제로 협조를 요청하지는 않았다.

단, 여지는 충분히 열어두었다.

언제든 마음을 다잡고 새 출발할 마음이 생기면, 주저하지 말고 자신에게 찾아오라 한 것이다.

빈말이 아니었다.

현성은 지금 구성된 드림팀 1기 외에도 앞으로 함께 할 사람들이 생긴다면, 얼마든지 이를 아이템 삼아 다음 사업을 추진할 생각을 가지고 있었다.

“어서 오세요, 어머니! 오실 줄 알았다니까요. 어머~ 오늘 시집가세요? 왜 이리 고우세요!”

“낯간지럽게 칭찬이여! 됐어. 그냥 늙은이 주름에다가 분칠한 거니께.”

“에이, 누가 보면 20대인 줄 알겠어요! 어쩜 이리도 고우실까!”

“됐다니께! 뒤통수가 근질근질혀.”

정유미의 칭찬 세례에 이 할머니가 손사래를 쳤다.

그러면서도 입가에는 미소 가득이었다.

정유미는 모임 장소에 가장 먼저 도착한 이 할머니를 반갑게 맞이하고는 살가운 딸처럼 곁에서 대화를 나누고 있었다.

“감사합니다, 어머니.”

현성도 정중하게 인사를 건넸다.

마음에서 우러나오는 감사의 인사였다.

“아니여. 좋은 뜻으로 시작한 것 아니여? 난 거기에 공감을 해서 온 거여. 나중에 조금이라도 의미가 변질되거나, 다른 생각을 하거나 하면… 설령 빚쟁이가 되어 길거리로 떠밀려 날지라도 절대 음식을 만들지 않을 거여."

"물론입니다. 말씀드린 그대로 초심을 잃지 않게 노력하겠습니다. 마음껏 실력 발휘하실 수 있는 장도 만들어 드릴 겁니다."

"난 젊은이 그 말만 믿고 있는 거여. 마음 변하면 나도 변하는 거여. 알겠제?"

"뼛속 깊이 새겨두겠습니다."

"호호호, 뼛속까지는 좀 아플 것이고. 머릿속에는 꼭 넣어 둬."

"예!"

현성이 시원한 목소리로 답했다.

시간을 두고 나머지 네 명의 인원들이 속속 도착했다.

그때마다 정유미는 맏딸처럼, 손녀딸처럼 반갑게 일원들을 맞이했다.

현성 역시 정중하게 예를 갖추고, 한 사람 한 사람과 기쁜 만남의 인사를 나누었다.

드림팀의 일원 다섯이 모두 모인 자리.

모두가 면면은 눈가와 이마에 주름이 깊게 패인 나이 든 분들이었지만, 앉아 있는 모습에서는 당당함이 묻어났다.

현성에게 기가 죽어 있다거나, 눈치를 본다거나 하는 것은 전혀 없었다.

내가 원해서 이 자리에 왔다.

그런 당당함이 말하지 않아도 느껴졌다.

현성은 우선 먼 길을 올라온 다섯 명의 손님들에게 식사를 대접했다.

막 본점에서 만들어 공수해 온 김치찌개와 된장찌개였다.

"청년이 손맛이 좋구만?"

"음… 찌개 맛이 곧 손맛이라는 이야기가 있지. 이 정도니 사람들이 몰리는 것도 당연혀."

칭찬일색이었다.

입에 발린 말이 아닌 맛의 달인들이 진중하게 평가하는 맛이었다.

현성은 뿌듯하면서도 한편으론 기뻐하는 자신의 모습이 좋지 않게 보일까, 기분 좋은 내색을 살짝 숨겼다.

하지만 그런 겸손에 관계없이 일원들은 엄지손가락을 치켜세우며 칭찬을 건넸다.

즐거운 식사 시간이 끝나고, 저마다의 입맛에 맞춘 차 한 잔을 테이블 앞에 놓은 가운데.

현성이 오래전부터 준비해 왔던 이야기를 꺼냈다.

택배 상하차 작업소에서 일하고, 밤 시간을 쪼개 술집 일을 했을 때만 해도.

지금 자신이 이런 모습이 되어 있을 것이라고는 생각하지 못했었다.

혹 될 수 있다 하더라도, 오랜 기간이 걸릴 꿈이라고 생각했다.

하지만 생각지도 않게 찾아온 인연은 어쨌든 현성에게 긍정적인 변화를 만들어주었고, 그것을 기폭제 삼아 사업에서 승승장구를 하며 달려왔다.

현성은 자신이 사람들이 알지 못하는 자신의 이면과는 별개로, 사업에서도 최선을 다하고 싶었다.

본점과 몇 개의 분점을 차리고, 그것으로 끝낼 생각으로 사업을 시작했던 것은 아니었으니까.

이번 드림팀 사업은 자신의 사업을 더 크게 확장하기 위한 첫 번째 발판, 그 교두보였다.

"이 자리에 와주셔서 다시 한 번 감사드립니다. 앞으로 사업 진행에 대한 모든 구상은 일전에 직접 건네 드렸던 서류들의 내용과 동일합니다. 구두상의 약속은 아무 의미가 없기 때문에 이를 문서화한 계약서도 작성해 두었습니다. 충분히 읽어보실 시간을 드리겠습니다. 원하신다면 얼마든지 시간을 더 가지고 읽어보셔도 되니, 서두르지 마세요. 유미 씨, 잠깐 자리 좀 같이 비울까요?"

"그래요."

"모두 읽고 나시면 말씀해 주세요. 부담 가지시지 않도록 잠시 나가 있겠습니다."

"그려, 다 읽고 말해줄 테니께."

"예."

현성과 정유미가 문을 열고 모임 장소 밖으로 빠져 나왔다.

보통 이런 계약을 진행하거나 하면 다양한 미사여구와 감언이설로 자신들에게 불리할 법한 조항을 빼내거나 수정했다는 사실을 모르게 하는 경우가 많다.

어쨌든 사업을 추진하는 사업자 입장에서는 자신의 이익을 더 많이 창출하고, 상대에게 넘어가는 이익 분배를 줄이는 것이 일반적이기 때문이다.

하지만 현성의 생각은 달랐다.

자기 밥그릇을 챙기려 할수록 타인의 밥그릇은 줄어들게 마련이고, 이는 언젠가 필연적인 갈등이 되어 돌아오게 된다.

현성은 진심이 통할 수 있을 만한 사람에게는 반드시 진심이 통한다고 믿었다.

계약서는 전적으로 '을'의 위치에 있는 드림팀 일원들에게 유리하게 작성되어 있었다.

물론 현성도 실속을 챙기지 않은 것은 아니었다.

결국 사업이 잘 되고 순탄한 길을 걷게 되면, 모두가 충분한 이익을 남기게 되는 것이었다.

"현성 씨의 뜻에 공감하고, 좋은 일에 힘을 보태는 게 좋겠다고 생각해서 협조는 했지만… 나도 계약서를 봤거든요. 너무 저분들에게 좋게 만들어준 건 아닌가요? 손만 보태는 대가 치고는 페이가 장난이 아니던데요."

"유미 씨가 그런 말을 하니 좀 의외네요. 방금 전까지만 해도 아버지, 어머니하고 따르던 분들인데."

"에이, 그건 그거고 이건 이거죠. 물론 좋으신 분들이고, 실력 하나는 둘째가라면 서러운 분들이에요. 허투루 블로그에 포스팅을 했던 것도 아니구요. 다만, 나중에 사업이 잘 풀리고 나면 항상 마음이 변하는 케이스니까 있으니까. 그게 걱정이 되는 거죠."

정유미의 말에 현성이 고개를 갸웃거렸다.

냉정하게 상황을 바라보는 정유미의 모습에서 생소한 느낌이 들기도 했다.

이해는 갔다.

자신이 생각하기에도 많은 배려가 계약서에 들어가 있는 것은 사실이었다.

"문제가 생기면 반복하지만 않으면 돼요. 어차피 저분들이 마음이 변한다고 해봤자 매장이 누군가에게 넘어가거나 하진 않아요. 더 좋은 조건에 어디론가 스카웃되시거나, 아니면 일을 그만두거나. 둘 중에 하나겠죠."

"자신 있다는 건가요? 현성 씨의 관리 아래에 둘 수 있다는 자신 말이에요."

"보이는 곳, 보이지 않는 곳에서 노력과 최선을 다하며, 진심으로 저 분들을 대한다면. 그만큼의 대가가 반드시 돌아올 거라고 믿습니다. 그렇지 않다면, 그때 가서 생각을 달리해도 된다고 생각해요. 지금은 벌어지지 않은 일이고, 그 일이 벌어질 거라고 확신할 필요는 없죠."

현성의 생각은 확고했다.

정유미의 걱정은 당연한 것이었다.

아마도 세상사에 찌들어, 그리고 그 여파에 휘말려 쓴맛을 볼 만큼 본 유경험자로서의 느낌이리라.

현성도 알고 있었다.

하지만 현성은 아직까지는 진심이 통하고, 또 믿을 것이라 생각했다.

다만 설령 일이 잘못 틀어진다 하더라도, 마음의 상처를 입는 다거나 무너지진 않을 것이었다.

생각 가능한 모든 범주의 일을 염두하고 있되, 그로 인해 상처를 입고 좌절하지만 않으면 되는 것이다.

"이번 드림팀 추진 건 말이에요. 계약서에 사인이 끝나는 대로 사업 추진이 되는 걸로 알고 있는데. 이미 괜찮은 자리 물색도 끝난 걸로 알고 있고요."

"맞아요. 소식통이 참 빠르네요. 상화에게 물어본 건가요?"

"에이! 그건 매너가 아니죠. 프라이버시는 지켜줘야죠."

"맞나 보군요. 후후."

“어쨌든 진행하게 되면 그 과정과 취지, 등등을 인터뷰 해줬으면 해요. 알잖아요, 내 성격. 자극적인 내용이나 말도 안 되는 왜곡 같은 건 안 해요. 사실 그대로를 전할 뿐이죠. 어쩌면 그런 현성 씨의 취지에 공감하는 다른 사람들에게 감명을 줄 수도 있구요. 선순환의 시작점이 될 수도 있어요.”

파워 블로거이자 전문 기자인 그녀의 직업답게 말솜씨 역시 좋았다.

틀린 말은 없었다.

그녀의 성격 역시 그 누구보다도 잘 아는 현성이었다.

“그래요. 난 상관없지만, 이왕이면 저 분들에게 과도한 스포트라이트라든가 스트레스를 드리는 일은 없도록.”

“걱정 마요. 아, 아예 그럼 이렇게 하죠. 기사를 싣기 전에 현성 씨에게 검열을 받는 걸로. 이 정도면 뭐 차포에 상마 떼고 장기 두는 거랑 똑같네. 됐죠?”

“후후후, 좋아요. 그렇게 하죠.”

“와… 얄짤 없네. 이 정도 카드를 던졌으면, 어느 정도 돌아오는 게 있을 거라 생각했는데. 보면 은근히 짠돌이라니까… 멋대가리도 없고.”

정유미가 툴툴거렸다.

현성은 대답 대신 환한 미소로 응답했다.

그리고는 옆에 놓여 있던 자판기에서 두 잔의 커피를 뽑았다.

"한잔해요."

"사양 않죠."

후르륵.

따뜻한 커피 한 모금.

평범한 일상 속의 시간이었지만, 현성에게는 왠지 모를 어색함이 느껴졌다.

박 신부와의 만남 이후, 세상을 바라보는 시선이 달라졌다.

어쩔 수 없는 것이겠지만…….

지극히 평범해 보이는 것들.

이를테면 길을 거닐고 있는 행인들 중 특이한 차림새를 하고 있거나 혹은 정처없이 떠도는 노숙자들.

그리고 사회에서 이슈를 몰고 다니는 고위 정치인이나 기업가들을 보게 되면.

자연스레 의심부터 하게 됐다.

혹시나 저 사람에게 숨겨진 다른 능력이 있는 것은 아닐까.

혹은 지난번에 만난 그 뱀파이어들처럼, 죄 없는 사람을 잡아다가 욕구를 채우고 있는 것은 아닐까 하는 생각이 드는 것이다.

"무슨 생각해요? 갑자기 멍하니 앞만 바라보고 있구."

"아, 아니에요. 커피맛이 좋다 보니……."

현성이 말없이 무표정한 얼굴로 앞만 보고 있자, 이상하게 생각한 정유미가 말을 걸었다.

"그나저나 말이에요. 지난번 그 일."

"음?"

그녀가 화제를 돌렸다.

얼마 전 현성에게 제공했었던 정보가 떠올랐기 때문이다.

"양철이파 사건 말이에요. 그때 건네주었던 정보들 기억나죠?"

"아아, 맞아요. 덕분에 궁금했던 것들을 많이 알 수 있었어요. 그러고 보니 그 뒤로 경찰 쪽에서 나오는 소식은 좀 있어요?"

현성이 태연히 정유미의 말을 받았다.

"그거 말이에요. 정말 신기한 거 있죠? 현성 씨에게 말해준 그날 이후로… 아예 놈들 소식이 끊겼다고 하데요. 그 즈음해서 지인들과의 통화 내역들도 확보를 했었다는데. 그 이후로는 통화조차 없어졌구요. 당시 포인트로 지목된 곳들을 샅샅이 뒤졌는데 전혀 찾을 수 없었나 봐요. 다시 가봤지만 역시나 허탕이었고."

아무것도 모르는 입장에서는 공교로울 수밖에 없는 시점이었다.

현성에게 알려준 그날.

현성이 놈들을 찾아갔고.

그날로 양철이파 전원이 몰살당했기 때문이다.

이를 아는 것은 현성과 어느 정도 예상을 하고 있을 박 신부뿐.

그 외에는 아무도 이 사실을 아는 사람이 없었다.

어쩌면 김양철의 뒤에 있었던 존재, 조력자라 불리던 사람은 그의 부재를 알아차렸을 수도 있을 것이다.

하지만 그 역시 사람들의 시선이 닿지 않는 곳에서 활동하고 있는 만큼, 드러내어 놓고 양철이파를 몰살시킨 범인, 그러니까 현성을 쫓을 수 없는 것일 터다.

"그럼 그 뒤로는 전혀?"

"아예 없어요. 그전에는 몇몇 놈들이 흘리는 흔적들이 있었단 말이에요. 진짜 증발해 버린 것처럼 되어버린 거죠. 너무 이상하지 않아요?"

"차라리 모두 죽어버리기라도 했으면 좋겠네요. 스스로 심판을 받도록."

"그럴 리가요. 그렇게 악독한 놈들인데. 소식이 끊긴지가 꽤나 됐으니까, 어떻게 흘러가고 있는지 궁금하긴 해요. 현성 씨는 어떤 것 같아요?"

"꼬리가 길면 언젠간 밟히게 마련이에요. 곧 모습을 드러내겠죠."

"그렇… 겠죠?"

끼이이이—

"다 읽었어! 들어와도 돼! 뭐 이리 밖에서 기다리고 있어? 어여들 들어와!"

그쯤해서 문을 열고 이 할머니가 나왔다.

이 할머니는 구수한 말투와 함께 현성과 정유미의 손을 꼭 붙잡고는 안으로 인도했다.

"읽어보셨어요? 시간은 얼마든지 충분한데요."

"뭘 더 읽어. 아무리 노안이다 뭐다 해도 읽을 건 다 읽어. 걱정을 말어."

* * *

"아시다시피 계약서에 적힌 내용은 함부로 어길 수 없습니다. 저는 내용에 적힌 대로 여러분들이 최고의 역량을 발휘하실 수 있도록 최선을 다할 겁니다. 사심이 없다는 말, 믿지 않으실 수 있습니다. 맞습니다. 저도 결국에는 더 큰 수입을 위해 이 사업을 추진하는 것입니다. 하지만 그 욕심만큼이나 저와 함께해 주신 다섯 분의 잃어버린 열정을 다시 되찾아주고 싶은 욕심도 많습니다. 그 점을 꼭 알아주셨으면 합니다."

"아우 지겨워! 알았다니께! 다른 놈들 같았으면 얼렁뚱땅 넘겼을 얘기를 몇 번을 하는 거여!"

현성의 진지한 이야기에 이 할머니가 몸서리를 치며 짜증을 냈다.

물론 정말 화가 나서 그런 것은 아니었다.

현성이 필요 이상으로 예의를 갖추며 낯간지러운 말들만

반복하니 마음이 편치 않았던 것이다.

"젊은이, 걱정 마. 우리가 바보도 아니고. 알 건 다 알고 있어. 이제 이런 미사여구나 다짐은 필요 없잖나. 본격적으로 팔 걷어붙이고 시작할 때지."

"예, 그렇습니다. 그럼 여러분들이 원하는 대로 본론에 진입해 볼까요?"

"그래. 이제 한 배를 탄 사이 아니여? 자자, 일단 싸인부터 하자고."

"자아— 서명들 합시다!"

이 할머니와 김 할아버지의 주도 아래 다섯 명의 일원들은 모두 계약서에 서명했다.

그 어느 누구도 불만은 없었다.

모두가 만족하고 있었다.

스스스슥— 스스스슥—

정유미는 멀찌감치 떨어진 테이블 위해서 이야기들을 메모하고 있었다.

기자 생활을 오래 해온 그녀에게도 이런 일은 꽤나 생소했다.

마치 갑과 을이 바뀐 느낌이랄까.

마음으로 다가가는 현성의 정공법에 대한 결과가 걱정되기도 했지만, 한편으로는 기대되기도 했다.

"형태는 이렇게 가져갈 겁니다. 하나의 매장이 있지만 그 안에 다섯 개의 별도 공간을 마련합니다. 음, 좀 더 쉽게 풀어 드리자면…… 대형마트 안에 있는 푸드코트와 비슷합니다. 가까운 거리에서 저마다 입맛에 맞는 메뉴를 선택해서 가져다 먹을 수 있죠. 한식이든 중식이든 혹은 일식이든."

"그러니까 들어오는 입구는 하나인데, 손님들이 입맛에 맞게 우리 음식을 선택한다는 거 아녀? 나 같은 경우는 비빔밥을 주로 해왔으니께… 비빔밥이 먹고 싶으면 내 쪽으로 주문이 올 것이고. 돼지국밥 같은 경우는 저기 신자 언니한테 주문을 할 것이고 말여?"

"예, 맞습니다. 역시 이해가 빠르십니다, 우리 어머님!"

현성이 엄지손가락을 치켜세웠다.

"칭찬하지 말어. 진짜 똑똑한 줄 안다니께."

그러자 이 할머니가 부끄러운 듯 머리를 긁적였다.

호탕한 성격의 이 할머니는 성격이 시원시원한 구석이 있었다.

"이런 형태로 운영을 하게 될 겁니다. 손님 입장에서는 선택지가 다양하기 때문에 행복한 고민을 하게 될 것이고, 굳이 먼 곳을 찾아가지 않아도 매장 안에서 먹어보고 싶은 다양한 요리를 먹어볼 수 있죠."

"그리고 입맛까지 맞아준다면, 더더욱 효과가 좋을 것이고. 그렇게 생각하는 게지?"

"예, 그렇습니다. 제가 어렵게 다섯 분을 모신 것도 다 그 때문입니다. 그저 그런 맛이라면 다섯이 아니라 열을 모아두어도 별로 의미가 없겠지요. 오히려 한 곳의 맛이 호된 평가를 받게 되면 나머지 곳의 맛도 똑같이 평가절하 되겠죠. 안 하느니만 못하게 되는 겁니다. 하지만 우리는 다를 겁니다. 각 분야의 최고 권위자들을 모셨으니까요. 시너지 효과가 있을 것으로 확신합니다."

"이거 경쟁 아닌 경쟁 아녀? 만약에 우리 쪽에서 안 팔리고 옆에서 음청 팔리고 하면… 긴장 바짝 하지 않겄어? 질투도 나겄는디?"

"후후, 제가 노리는 부분도 그겁니다. 아마도 다섯 분의 자존심이 허락하지 않으시겠죠. 그러면 더 깊고, 구성진 맛을 내기 위해 연구하시게 될 수도 있구요."

"허어! 현성이 자네, 정말 영악하구만! 껄껄껄!"

천동식.

천 할아버지라 불리는 남자가 너털웃음을 터뜨리며 현성을 가리켰다.

천 할아버지는 45년간 물냉면과 비빔냉면만 손수 만들어 온 맛의 달인이었다.

현성과 정유미가 직접 시식도 해보았다.

한 번 맛보면 다시 찾지 않고는 못 배길… 최고의 맛이었다.

그 손맛은 예나 지금이나 변함이 없었던 것이다.

"부정하진 않겠습니다. 제 생각은 그렇습니다. 따로 보완을 바라신다거나 제안하실 게 있으면 얼마든지 하셔도 됩니다. 제 방식이 무조건 답이라고 생각하진 않습니다."

"언니, 오빠, 동생들 한 번 들어보시오. 저런 형태로 기본은 가져가되, 이건 어떻소? 우리 다섯이 모두 힘을 합쳐야만 만들 수 있는 특별 메뉴를 만드는 거요. 다른 곳에서는 절대 맛볼 수 없을 특제 메뉴 말이요."

"허어! 그거 좋은데? 좋은 생각이야."

이 할머니가 기발한 제안을 꺼냈다.

그러자 천 할아버지가 맞장구를 쳤다.

내심 속으로 하고 있던 생각을 이 할머니가 꺼내자 반가운 반응이 먼저 나온 것이다.

"좋은데?"

"괜찮아 보이는구만."

모두가 찬성표를 던졌다.

현성 역시 고개를 끄덕였다.

자신도 생각하지 못했던 좋은 아이디어였다.

바로 이런 것이다.

현성이 바랐던 것은 다섯 명의 드림팀 일원이 서로를 경쟁상대로 느끼고 견제하고 질투할 것이 아니라, 선의의 경쟁 관계로 생각하며 때로는 협조하고 때로는 경쟁하는… 발전적인 라이벌이 되기를 바랐던 것이다.

"어떤가, 자네 생각은?"

"아주 좋습니다. 이 부분에 대해서는 모든 가능성을 열어 드리겠습니다. 준비가 되시면 말씀만 해주시면 됩니다."

"우리들에게 맡기겠다는 건가?"

"예. 여기서 제가 몇 마디의 말이라도 괜히 보태고 하는 것은 오히려 방해만 될 뿐입니다. 잘 부탁드리겠습니다."

"허허, 그래. 한번 해보자고! 힘이 불끈 솟는구만!"

분위기는 더욱 타올랐다.

대부분이 환갑을 넘긴, 특히 팔순을 바라보는 노인들도 있었지만 열정은 젊은이들 저리가라 할 만큼 넘쳐 흘렀다.

현성은 진심으로 그들에게 감사하고 있었다.

그리고 기대도 점점 커졌다.

아울러 책임감까지도.

이제 드림팀 일원들의 모든 준비는 끝났다.

남은 것은 열정을 펼칠 수 있는 장.

무대를 만들어주는 것이었다.

* * *

추진은 빠르게 이루어졌다.

계약 성사 여부에 관계없이 자리를 물색하고 있던 현성은 계약 성사와 동시에 바로 인테리어 작업에 들어갔다.

비용 절감을 위해 저가의 인테리어를 선택하는 것이 아닌, 매장 인테리어의 전문가를 불러 직접 세심한 내부 설계를 의뢰했다.

손님들이 처음 방문했을 때 생소한 느낌이 들면서도 확 끌어당기는 매력이 있도록 주문을 한 것이다.

꽤나 까다로운 주문답게 부르는 페이도 상당했지만, 현성은 그 돈에 대해선 전혀 아끼지 않았다.

그리고 현성이 분점에 음식과 재료를 공급하는 소공장에 마련 된 별도의 조리공간에서 달인들은 밤을 새워가며 메뉴 개발에 전념했다.

저마다 주특기를 살린 메인 메뉴는 이미 정립된 상태.

그들이 고심하고 또 고민하고 있는 것은 합작 메뉴였다.

녹록치는 않았다.

실패의 연속이었다.

하지만 현성은 달인들이 주눅들거나 포기하지 않도록 더욱 독려했고, 그 과정에서 버려지는 재료들에 대해 아까워하지 않았다.

물론 실패로 판명된 음식들은 사람들을 불러 남김없이 먹어 치웠다.

이럴 때 만큼은 상화를 비롯한 매장의 젊은 아르바이트생들이 좋은 청소부(?)였다.

그렇게 달인들이 메뉴 개발에 전념하는 동안 현성은 브랜드 명을 확정짓고 준비에 들어갔다.

이름은 오인오색.

뻔하다 싶은 이름일 수도 있겠지만, 현성은 그들의 특성을 가장 잘 드러나게 해주는 이름이라 생각해 결정했다.

따뜻한 뚝배기 한 그릇처럼, 한번 들으면 쉽게 잊혀지지 않고, 이름만으로도 매장의 느낌을 짐작하게 하는 단어로 결정한 것이다.

달인들 역시 현성의 의견에 동의했다.

시간은 바쁘게 흘러갔다.

현성은 본점과 분점을 관리하면서, 동시에 '오인오색' 매장의 공사현장을 꼼꼼하게 체크했다.

투자한 돈에 걸맞게 인테리어는 고급 자재들과 특이한 형태의 구조로 꾸며지고 있었다.

동시에 따뜻한 뚝배기 한 그릇과 연계된 SNS과 공식 홈페이지의 광고를 적극 활용, 오픈 전부터 톡톡한 광고 효과를 누렸다.

일간지에 실린 정유미의 취재 기사는 그런 바람을 더욱 부추겼다.

게다가 파워 블로거인 그녀의 블로그에 오인오색의 달인들이 개발한 메뉴에 대한 시식 후기 및 평가까지 달리자, 관심은 더욱 폭발적으로 치솟았다.

처음에는 정유미의 접근, 그리고 가까워지는 것을 경계했던 현성도 이제는 그녀에게 고마운 마음을 가지고 있었다.

물론 사심(私心) 없이 자신을 돕고 있다는 생각은 하지 않았지만, 그녀가 다각도로 보태주는 지원이 사업 추진에 큰 힘이 되고 있는 것은 사실이었다.

바쁜 나날들이었다.

사업에 전념하는 시간만큼, 자연스레 현성만의 시간이 줄어들기도 했다.

하지만 항상 주시하고 또 주의하고 있었다.

언제 어떤 일이 생길지는 모르는 법.

현성은 틈틈이 짬이 날 때마다 마법을 수련하고, 세상의 소식에 눈과 귀를 기울이며 대비하고 있었다.

* * *

3주 후.

모든 준비를 마친 오인오색 매장이 문을 열었다.

시가지에서 다소 떨어진 자리에 위치한 매장이었지만 손님들은 오픈 1시간 전부터 폭발적으로 몰려들어 인산인해를 이루었다.

예견된 것이기도 했다.

이미 SNS와 블로그 포스팅을 통해 소문이 퍼질 대로 퍼진 상황이었다.

게다가 드림팀의 일원으로 참여한 다섯 명의 달인들은 저마다 각지에서 이름을 떨쳤던 유명인들이었다.

시간이 흐르고, 운영하던 음식점이 쇠락하면서 이름이 점점 잊혀지긴 했지만… 그 명성을 기억하는 사람들은 아직도 많았던 것이다.

폭발적인 방문만큼이나 입소문도 날개 돋친 듯이 퍼져 나갔다.

초기 반응만 놓고 본다면 따뜻한 뚝배기 한 그릇보다도 더 반응이 좋았다.

그들을 위한 무대만 만들어져 있지 않았을 뿐, 다섯 달인들의 면면과 실력은 이미 검증된 것이었기 때문이다.

게다가 달인의 합작 메뉴, 매장 이름을 그대로 본딴 '오인오색' 은 별미 중의 별미로 평가 받았다.

4인분을 반드시 기준으로 하고, 단가가 7만원에 이를 만큼 비쌌지만 먹고 난 뒤에 후회를 하는 손님은 단 한 명도 없었다.

극찬의 연속이라 해도 무방할 정도로 손님들의 반응은 칭찬일색이었던 것이다.

승승장구, 선순환의 연속이었다.

따뜻한 뚝배기 한 그릇의 손님들은 그 소문을 듣고 오인오색 매장을 찾았고, 반대로 오인오색의 손님들은 따뜻한 뚝배기 한 그릇 매장을 찾았다.

모두가 현성이 운영하고 있는 브랜드인만큼, 자연스럽게 제휴 및 연계 관계를 만드는 것은 무척이나 쉬운 일이었다.

오픈 초기부터 손님들이 몰려들면서, 당연히 수입도 연일 최고 매출을 갱신하며 급상승했다.

만족스런 결과의 연속이었다.

현성은 따뜻한 뚝배기 한 그릇 분점의 점주들로부터 양해를 구한 뒤, 오픈 후 1주일간은 오인오색의 이름을 더 확실히 알릴 수 있도록 홍보에 전념했다.

이미 많은 사람들이 알고 있음에도 길거리로 나가 직접 전단지를 뿌리기도 하고, 시식 행사를 하며 행인들의 관심도 더더욱 유도했다.

나아가 빗발치듯 몰려드는 취재와 인터뷰 요청 역시 거절하지 않았다.

물론 원래의 원칙대로 필요 이상의 질문, 또는 자극적인 요소가 다분한 내용들에 대해선 이야기하지 않았다.

예상대로 기자들은 달인들의 과거에 대해 많은 관심을 가졌다.

현성은 그에 대해서는 일언반구도 내뱉지 않았고, 이번 사업을 구상하게 된 계기와 그 취지에 대해서 진실된 다짐과 각오 등을 밝혔다.

세간의 관심.

현성은 그 관심을 적절히 활용하여 사업의 원동력으로 삼았다.

그리고 들어오는 수입의 대부분을 다시 매장에 재투자했다.

시기상조라는 주변의 의견도 있었지만, 현성은 바로 옆에 공실로 있던 공간을 얻어 확장 공사를 시작했다.

좀 더 미래를 본 과감한 투자였다.

* * *

톡!

꿀꺽꿀꺽—

"크으. 얼마 만에 한가롭게 맛보는 밤공기인가."

자신의 옥탑방에 돌아온 현성은 퇴근길에 사온 병맥주를 입에 문 채, 모처럼의 휴식을 즐기고 있었다.

상화나 수연이 현성에게 최근 가장 많이 권하고 있는 것이 이사였다.

어엿한 프랜차이즈 기업의 CEO임에도 불구하고, 여전히 옥탑방 생활을 하고 있다는 것이 격에 맞지 않는다고 생각했던 것 같았다.

하지만 정작 현성 본인은 만족하고 있었다.

으리으리한 집이 필요한 것도 아니었고, 남들에게 과시할 만한 공간이 필요한 것도 아니었다.

아직 결혼을 준비할 나이도, 그럴 생각도 없는 시기였다.

현성에게는 눈을 붙일 수 있는 침대와 씻을 수 있는 공간만 있으면 충분한… 지금의 옥탑방이 마음에 들었다.

남들이 보기엔 허름한 옥탑방일지 몰라도.

현성에게는 많은 의미를 가지고 있는 곳이었다.

홀로서기를 위해 첫 다짐을 했던 곳.

그리고 매일 일과 잠, 이렇게 두 가지만을 반복하며 바쁘게 살고 있을 때 힘겹게 돌아와 눈을 붙였던 곳.

그 추억이 남겨진 장소를 쉽게 떠날 수가 없었다.

"하아……."

만감이 교차하는 깊은 한숨이 터져 나왔다.

몇 년 전의 기억이 새삼 떠올랐다.

그때도 병맥주 하나에 밤을 보내며, 이렇게 밤하늘을 바라보던 적이 있었다.

내일은 오늘보다는 일거리가 적기를.

시간이 좀 더 빨리 가주기를.

진상을 피우는 손님이 없기를.

그런 생각들로 밤을 보내고, 잠이 들고, 바쁘게 출근했던 나날들이었다.

이제는 추억 속의 기억들이었다.

지금의 자신은 앞으로 어떤 사업 아이템들로 더 많은 수입을 거둬들일지, 그리고 또 어떤 부분에 다시 투자할지를 고민하고 있는 사업가였다.

격세지감(隔世之感)이라는 말이 잘 어울리는 지금이었다.

—실로 간만의 사색인 것 같아 보이는 구나. 제자야.

—오랜만이야, 오랜만. 잘 지냈지? 지켜보고는 있었지만 말을 걸지는 못했구나. 목소리도 다 잊었을 지도 몰라.

그때.

어둠 속에서 목소리가 들려왔다.

자르만, 그리고 일리시아의 반가운 목소리였다.

"예, 스승님! 그런 것 같습니다. 이런 혼자만의 시간을 여유롭게 가진 적은 실로 오랜만인 거 같습니다."

—꿀맛 같은 휴식을 방해한 건 아니겠지? 하지만 네가 요청한 일이 있지 않느냐, 끌끌끌! 그런 사정을 봐주고 싶지 않아서, 일부러 지금 말을 걸었느니라.

오랜만에 장난기가 발동했는지, 자르만이 짓궂은 말을 꺼냈다.

두 스승과의 만남도 꽤나 오랜 시간이 지났다.

이제는 척하면 딱이었다.

스승의 짓궂은 장난도, 진지한 충고도… 결국 자신을 위해 하는 것임을.

―괜찮겠니? 이 사람도 엄청 많은 고통을 겪었던 일이야. 절대 쉬운 일이 아니란다. 나는 이런 일을 직접 경험할 일은 없지만… 남편을 통해 후배 흑마법사들의 과정을 지켜본 적은 있어. 자칫 잘못했다가는 목숨을 잃을 수도 있단다. 괜찮겠니? 난 너무 많은 걱정이 되는구나.

"괜찮습니다."

일리시아의 말에 현성이 단호히 답을 받았다.

충동적으로 자르만에게 요청했던 것이 아니었다.

그간 계속해서 전투를 치러오면서 현성이 느낀 위기의식에 대한 해답이었다.

첫 전투의 기억.

양철이파의 조직원들과 있었던 그 전투는 전투라고 하기에 민망할 내용이었다.

그리고 김양철과의 소규모 교전이 있었고.

그 다음에 조우했던 것이 바로 식인 살인마였다.

짧고 굵은 전투였지만 순간 목숨에 위협을 느낄 만큼 한치 앞을 예측할 수 없었던 전투였다.

이후 더 강력해진 양철이파 일원들과의 재전투.

김양철과의 만남.

그리고… 뱀파이어들과의 조우.

생각해 보면 적은 점점 더 강해지고 있었다.

현성이 그 시점에서는 그들보다 강력했기에 우위를 점할

수 있었지만, 언제 그 판도가 바뀔지는 알 수 없었다.

때문에 현성은 가능할 때, 최대의 한계치까지 자신의 능력을 향상시켜놓고 싶었던 것이다.

—준비는 되었느냐?

"마음의 준비는 끝났습니다. 하지만 시간이 얼마나 필요할지는 미리 알아야 할 것 같습니다. 예상 가능한 시간이라도요."

—시간? 의미 없다. 이 과정에서는.

"예?"

—시간을 가늠할 필요조차 없다는 것이다. 그 자체의 의미가 없다.

"그렇다면… 제 자신과의 싸움과 같은… 그런 것이겠군요."

—이해가 빠르구나. 절대 시간의 의미가 없다.

"…알겠습니다."

—괜찮다면 지금 시작하자꾸나. 네게 1분 1초가 그 어느 때보다도 중요하지 않느냐. 지금이 아니고서는 여유가 없을 수도 있고.

"예, 시작하지요."

—방으로 돌아가거라.

"예."

분위기는 숙연해졌다.

결코 만만치 않은 일이라는 것을 현성도 잘 알고 있었다.

한편으로는 무거운 분위기에는 맞지 않게 기대도 됐다.

더 강해질 수 있을 것이라는 기대감.

물론 이를 위한 과정을 잘 견뎌내는 것이 문제였지만, 현성은 어떻게든 이를 악물고 버텨낼 생각이었다.

그게 무슨 일이든지.

4장
입마

—먼저 네 스스로의 다짐, 그리고 이유를 확인하는 대화가 필요하다. 동기가 없는 변화는 필연적인 실패로 이어진다. 네게는 굳건한 동기가 있어야만 한다. 그래야 입마의 과정에서 미치광이가 되어버리거나, 폭주하여 죽는 일이 없는 것이다. 나와 일리시아가 번갈아가며 질문을 할 것이다, 차질 없이 답하거라.

"예, 말씀하십시오."

—제자야, 왜 네게 변화가 필요하다고 생각했느냐? 말해보거라.

일리시아의 질문이 이어졌다.

현성은 약간의 망설임도 없이 바로 답을 이어나갔다.

"처음 스승님들로부터 힘을 얻었을 때만 해도, 그때는 더 강력한 힘의 필요성을 느끼지 못했습니다. 그 힘만으로도 제가 필요한 곳에 능력을 사용하기에 충분했기 때문입니다. 하지만 시간이 흐르고, 새로운 변수들이 생겨나면서 달라졌습니다. 제 일신의 부귀영화만을 생각한다면 지금으로도 충분하겠지만… 세상은 저의 더 많은 능력을 필요로 합니다. 지금도 수많은 사람들이 알 수 없는 이유로 죽어가고 있습니다. 뱀파이어라든가 능력을 악하게 사용하는 자에 의해 말입니다. 이런 문제들을 수수방관하고만 있을 수는 없습니다."

—하지만 지금보다 좀 더 강해진다고 해서 그 사람들을 모두 구할 수 있는 것은 아닐 게다. 홀로 세상의 짐을 모두 지려 한다면, 결국 무너지는 것은 너가 되지 않겠니?

"바위를 깎아내는 것은 끝없이 밀려오는 파도이고, 굵은 나무를 부러뜨리는 것은 끝없이 불어드는 바람 때문이 아니겠습니까? 변화를 위해 노력하고 또 노력한다면, 언젠가는 불가능해 보이는 것도 변화하게 됩니다. 전 그것을 믿습니다. 나비 효과라는 말이 있는 것처럼 말입니다."

—네가 더 강력한 힘을 얻는다면, 가장 먼저 하고 싶은 일은 무엇이냐?

이번에는 자르만이 질문을 이었다.

더욱 날카로워진 질문이었다.

"지금 정해놓은 우선순위는 없습니다. 하지만 분명 제 힘을 필요로 하는 일이 생길 것입니다. 그때, 지체 없이 달려가야겠지요."

—더 강한 힘은 선한 사람의 마음도 악하게 먹도록 만들기도 한다. 대항마 없는 무소불위(無所不爲)의 힘을 지닌 자들의 말로는 언제나 좋지 않았다.

"전 그럴 생각이 없습니다. 혹, 제가 잘못된 방향으로 나가려 한다면… 그때는 스승님이 벌해주십시오. 제 목숨을 거두어 가셔도 좋습니다."

—좋다. 의지가 확고해 보이는구나.

"짧게 결심한 충동적인 생각은 아닙니다."

—알고 있다.

"예."

—제자야. 입마라는 것은 더 강한 흑마법의 오의를 깨닫기 위해 의도적으로 분노, 상처, 어둠, 증오에 다가서는 것이다. 참기 힘든 고통과 마주할 수도 있고, 떠올리고 싶지 않은 기억을 끄집어내야 할 수도 있다. 거기서 무너지면 모든 것은 끝이 난다. 목숨을 잃거나 바보, 병신이 되어버릴 수도 있지. 괜찮겠느냐?

"예."

자르만의 걱정 어린 마지막 질문에 현성은 짧고도 단호한 한마디로 답을 냈다.

그러자 일순간 정적이 흘렀다.

—후우.

이내 터져 나오는 깊은 숨결.

그 숨결 하나만으로도 자신만큼이나 많은 걱정을 하는 두 스승의 마음이 느껴졌다.

—그럼, 시작해 보자꾸나. 더 강해진 모습으로 만날 수 있길 기다리고 있으마.

일리시아의 격려가 이어졌다.

—준비됐느냐?

이어지는 자르만의 말.

현성이 두 눈을 꼭 감고, 조용히 고개를 끄덕였다.

— 마지막으로 묻는다. 준비되었느냐?

"예! 준비됐습니다!"

자르만의 물음에 현성이 자신 있게 소리쳤다.

그리고 바로 그때!

파아아아아아아앗!

고요했던 방 안에 일진광풍(一陣狂風)이 불어닥쳤다.

마치 몸이 붕 떠올라 어디로든 날아가 버릴 것만 같은 엄청난 바람이었다.

하지만 방 안은 변한 것이 없었다.

창문도 닫혀 있었고, 문 하나 열린 것 없었다.

몰아치는 광풍 속에 현성은 눈을 제대로 뜰 수조차 없었다.

그리고.

현성을 둘러싸고 있던 주변의 광경들이 어질러진 퍼즐처럼 무너져 내렸다.

그리고 천천히… 다시 모여들기 시작했다.

"……."

현성의 눈앞에 펼쳐진 공간은 옥탑방 안이 아닌 위치를 알 수 없는 어느 휑한 공터였다.

휘이이이이—

쓸쓸한 바람만이 불었다.

어디서 불어오는지 알 수 없는 모래바람이었다.

때문에 시야에 들어오는 것들은 바람 속에서 사라졌다 다시 나타나기를 반복했다.

나무 한 그루 없는 공터 위는 그야말로 황량하기 그지없었다.

저 멀리 빌딩이나 아파트 같은 것들이 보이긴 했지만, 꽤나 움직여야 도착할 수 있을 것만 같은 먼 거리였다.

또각또각.

그때.

모래바람 사이를 가르며 걸어오는 검은 그림자가 있었다.

그리고 그림자 속의 인물이 서서히 모습을 드러냈다.

"반갑군."

"…김양철."

목소리만 들어도 누군지 알 수 있었다.

현성은 바로 방어 자세를 취했다.

진짜 김양철이 아닌, 자신의 상상 혹은 창조된 공간에서 마주친 적이다.

어느 정도의 실력으로 자신을 대할지 알 수 없었다.

파팟!

"뭘 하는 거지?"

"앗!"

쉬이이이익!

프스슥!

"크윽!"

순식간에 벌어진 일이었다.

분명 현성의 앞에 자리하고 있던 김양철이었다.

하지만 어느새 등 뒤로 이동해 있었고, 김양철이 오른손에 든 단도가 그대로 현성의 뺨을 스치고 지나갔다.

현성이 반사적으로 몸을 틀지 않았다면, 뒤통수 한가운데 꽂혔을 일격이었다.

"후후후……."

김양철은 현성의 핏물이 묻은 단도의 끝을 바지에 슥슥 닦아냈다.

그는 두 눈에서 피눈물을 흘리고 있었다.

창백해진 얼굴에 생기라고는 조금도 없었다.

무너지듯 일그러지고 있는 얼굴.

마치 숨이 끊어진지 오래 된 시체가 살아 움직이는 느낌이었다.

평범한 사람 같았으면 마주보는 것만으로도 까무러쳤을 외형이었지만, 현성은 김양철을 정면으로 마주보았다.

저건 자신이 만들어낸, 혹은 머릿속에 남겨진 김양철의 이미지일 뿐이었다.

이미 놈은 죽었다.

자신의 손에 확실하게.

마주보고 있는 것은 생전의 기억들이 만들어낸, 그에 대한 약간의 두려움과 다양한 잡념들이 빚어낸 결정체라 생각했다.

파팟!

또다시 파공음이 들려오고.

이번엔 놓치지 않았다.

현성은 등 뒤에서 느껴진 싸늘한 기운에 일초의 망설임도 없이 그대로 마나 건틀렛을 형성시키고, 그 상태로 몸을 회전시키며 등 뒤에 있을 김양철을 후려쳤다.

빼어어어억!

시원한 격타음과 함께 김양철의 몸이 붕 떠올라서는 한참을 멀리 날아갔다.

허공으로는 검은 핏물이 비산(飛散)했다.

생기를 잃은 망자의 핏물은 덩어리처럼 허공에서 뚝뚝 떨어져 내렸다.

"블링크!"

현성이 블링크 마법을 이용해 바로 김양철에게로 따라붙었다.

현성의 일격으로 다시 한 번 일그러진 얼굴.

마치 뭉개진 밀가루 반죽처럼 김양철의 눈과 코, 입은 저마다 비정상적인 자리에서 따로 놀고 있었다.

"사라져라."

화르르르륵.

현성의 손끝에 만들어진 파이어 볼의 불길.

현성은 그 상태로 김양철의 뒤통수를 움켜쥔 뒤, 강렬한 열화(烈火)의 불길을 입 안으로 밀어 넣었다.

후우우욱!

일순간에 타오른 불길.

김양철의 얼굴이 풍선처럼 부풀어 올랐다.

빼어어엉!

그리고 바늘에 찔린 풍선처럼 수백 개의 살점으로 산산이 조각나 허공으로 흩어졌다.

풀썩! 쿠웅!

머리를 통째로 잃은 채 쓰러진 김양철의 몸뚱이는 다시 일어나지 못했다.

*　　*　　*

"……."

한참을 정처 없이 걸었다.

어떤 목적지가 있는 것이 아니었다.

황량하기 그지없는 황무지 위를 걷는 기분은 썩 좋지 않았다.

날씨는 당장에라도 비를 쏟아낼 것처럼 흐렸다.

바람에서는 매캐한 향이 느껴졌고, 옷 여기저기에 묻은 김양철의 검은 핏물에서는 역겨운 냄새가 묻어나오고 있었다.

기분 좋은 느낌이나 광경은 이곳에 존재하지 않았다.

"흐으으……."

그때.

길을 걷던 현성의 발아래에서 출렁임이 있었다.

푸욱!

모래를 뚫고 나온 것은 뼈만 남은 앙상한 손과 백골로 변해가고 있는 누군가의 얼굴이었다.

동구였다.

현성에게 최후를 맞이한 양철이파 일원 중 한 명이었다.

파앗—

현성이 마나 건틀렛을 형성시켰다.

그리고 자신의 발목을 붙잡으려는 동구의 머리를 그대로 지면 아래로 내리 처박았다.

푸욱!

이내 뭉개진 동구의 머리 틈사이로 뇌수가 흘러 내렸다.

현성은 손등에 묻은 더러운 흔적들을 바지에 대충 닦아냈다.

처음부터 끝까지 전부 불쾌한 느낌의 연속이었다.

"그르르……."

또다시 지면 속에서 모습을 드러내는 무언가.

역시나 양철이파의 일원이었다.

이런 식으로 현성은 길을 걷는 내내, 자신이 제거했던 자들의 망령과 조우했다.

처음에는 별다른 내색 없이 묵묵히 그들을 제압하며 걸었지만, 같은 상황이 반복되고 토악질이 절로 나올 만큼 역겨운 냄새가 묻어나기 시작하자 현성의 인내심에도 한계가 오기 시작했다.

가슴 깊은 곳에서 밀려 올라오는 짜증이 상당했던 것이다.

"후우."

현성이 한숨을 내쉬며, 애써 마음을 가라앉혔다.

이 모든 것은 의도된 것일 터다.

흑마법의 본질에 접근하기 위한 과정으로 언급했던 자르

만의 단어들은 하나같이 부정적인 것들이었다.

그것은 극복해야 할 대상이기도 했다.

점점 말려들면 말려들수록 힘들어지는 것은 현성 자신이었다.

휘이이이이—

한없이 멀리 보이던 건물들과 가까워질수록 바람은 점점 거세어져 갔다.

시야가 어느 정도 확보되던 얕은 모래바람도 이제는 제법 굵어졌다.

텔레포트나 블링크, 헤이스트 마법 따위로 충분한 거리를 단축시킬 수도 있었지만.

현성은 일부러 그렇게 하지 않았다.

방금 전까지 걸어오는 길 내내, 스물여덟 명의 양철이파 일원과 마주쳤던 것처럼.

주어진 통과 의식들을 애써 넘겨버리고 싶진 않았던 것이다.

바로 그때.

부우우우웅!

어둠 속을 가르며 현성에게 빠르게 접근해 오는 한 대의 차가 있었다.

차의 형체는 보이지 않았지만, 헤드라이트 불빛은 보였다.

포장조차 안 된 황량한 황무지.

그 위를 달리는 자동차의 정체를 확인할 겨를도 없이 현성은 옆으로 몸을 날렸다.

갑작스럽게 나타난 탓에 반사적으로 마법을 캐스팅하거나 준비할 시간조차 없었던 것이다.

끼이이이이!

자동차가 급정지했다.

하지만 달려오던 관성을 이겨내지 못하고 한참을 미끄러져 나간 차는…….

쿵!

하고 무언가와 부딪혔다.

그리고 모래바람 사이에서 하나의 인영(人影)이 포물선을 그리며 저 멀리 나가떨어졌다.

"……."

모래바람이 서서히 잦아들고.

희미했던 시야 속에서 차의 모습이 눈에 들어왔다.

그 차였다.

바로 목격자가 보았다던 차.

아버지를 치이고 홀연히 사고 장소를 빠져 나간… 바로 그 차였다!

그렇다면.

포물선을 그리며 날아간 그림자에게로 현성의 시선이 향

했다.

그 자리에 누가 있을지는 말하지 않아도 알 수 있다.

보지 않으려면 그렇게 할 수도 있다.

하지만 현성은 자신도 모르게 그곳으로 향하고 있었다.

"끄으으으으......"

터져 나오는 신음 소리.

아버지의 목소리였다.

지금 이 상황들이 실제 상황이 아닌 기억 속, 혹은 의도적으로 만들어진 것임을 잘 알고 있었지만.

현성은 당장에라도 달려가 힐을 시전해 줄 수 있다면, 기억 속에서나마 아버지는 무사할 수 있을 것이라 생각했다.

"블링크!"

......

현성이 블링크를 시전했지만. 마법은 구현되지 않았다.

순간 시간이 멈춰버린 것처럼, 현성의 전신은 제자리에서 움직일 줄을 몰랐다.

그리고.

차창이 반쯤 열리고, 운전자가 고개를 살짝 내밀었다.

"으으으......"

분명 아버지는 살아 있었다!

이대로 아버지를 모시고 병원에라도 간다면, 아니면 119에 신고라도 한다면.

무사하실 수 있을 것이다!

부우우우웅!

"안 돼!"

하지만 그런 기적은 일어나지 않았다.

창밖을 확인하고 주변의 상황을 체크한 어둠 속의 그림자는 창문을 닫고는 망설임 없이 엑셀을 밟았다.

그리고.

쿠쿵! 쿵! 쿠쿵!

둔탁한 소리와 함께 두꺼운 자동차 바퀴가 무심히 쓰러진 아버지의 몸 위를 밟고 지나갔다.

차가 들썩일 때마다, 아래에 깔린 아버지의 모습도… 덩달아 출렁였다.

부우우우웅!

엑셀을 더 깊게 밟은 차는 순식간에 현장을 떠나 어둠 속으로 사라졌다.

현장에 남은 것은 그 사이 마지막 가능성마저 사라진 채, 숨이 끊어져버린 아버지의 싸늘한 시신뿐이었다.

"아아!"

그제야 현성을 옥죄고 있던 속박들이 풀렸다.

현성은 한달음에 아버지에게로 달려갔다.

"……."

이미 숨이 멎은 아버지의 모습은 처참하기 그지없었다.

방향을 잃고 꺾여져 버린 관절들.

으깨어져 버린 가슴.

차마 마주볼 엄두조차 나지 않을 정도로 일그러져 버린 얼굴…….

이게 아버지의 최후였던 것인가.

"하아… 아버지!"

참을 수 없는 분노가 치밀어 올랐다.

현성은 알고 있다.

이 범죄를 저지른 자가 누구인지를.

아직 때가 아니라고 생각하기에 기다리고 있었을 뿐.

아버지를 죽음에 이르게 한 원수를 잊은 것은 절대 아니었다.

터억!

그때.

굵은 눈물을 쏟아내고 있던 현성의 목을 움켜쥐는 무언가가 있었다.

순간 눈앞이 핑 돌아버리는 느낌이 들 정도로 강한 손의 움켜쥠이었다.

"크흐흐흐흐, 죽여 버리겠다!"

"아버지!"

"죽어버려!"

꽈아아아악!

"크윽!"

갑자기 두 눈을 부릅뜬 아버지의 양손이 자신의 목을 움켜쥐고 있었다.

"네놈 때문에 내가 죽었어……. 크흐흐흐! 죽어, 죽어버려라! 죽어 없어져야 내가 편하게 눈을 감지! 다 네놈 때문에 벌어진 일이야! 망할 놈의 돈 때문에! 그 돈을 벌어다 주려다가 내가 개죽음을 당한 게 아니냐! 크하하하하!"

차마 아버지의 입에서 나온 말이라고 할 수 없을 만큼 험악한 말이 터져 나왔다.

현성은 아버지의 얼굴로, 목소리로 뱉어내는 '남자'의 말을 믿지 않았다.

하지만 아버지의 모습을 간직하고 있는 이 남자를 냉정하게 내려칠 수 없었다.

그렇게 하면 아버지와의 좋았던 모든 기억들까지 부정해버리는 것만 같았다.

"크… 크윽."

점점 목을 조르는 강도가 강해졌다.

아무리 맷집 좋은 현성도 한계였다.

"크아아아아악!"

현성이 아버지의 두 팔을 밀쳐냈다.

어찌나 목을 꽉 움켜쥐고 있었는지, 손가락을 빼내면서 긁고 간 손톱자국을 따라 피가 흘러내릴 정도였다.

"날 살려내! 네 목숨을 주고, 날 살려내란 말이다! 살려내라! 살려내!"

눈, 코, 입, 그리고 귀를 타고 흘러내리는 핏물이 아버지의 얼굴을 더 괴이하게 만들었다.

아버지는 초점을 잃은 눈으로 현성을 향해 성큼성큼 뛰어오고 있었다.

꺾여서는 안 될 방향으로 꺾여버린 두 팔.

형체가 점점 사라져 가고 있는 얼굴.

복부의 상처를 비집고 흘러나오고 있는 오장육부의 일부들…….

차마 말로 형언하기에, 그리고 기억에 남는 것조차 끔찍한 광경이었다.

"후우."

현성이 심호흡을 했다.

자꾸 아버지의 모습을 빌린 형체, 혹은 망령임을 알면서도… 마음을 머뭇거리게 되는 자신이었다.

현성은 입술을 꼭 깨물었다.

그리고 강렬한 파이어 볼의 기운을 양손 위로 형성시켰다.

"제발 날 살려줘……. 고통받고 싶지 않구나……."

처절한 아버지의 외침이 들려왔다.

현성은 귀를 닫았다.

그리고 망설임 없이 정면을 향해 양손을 뻗었다.

샤아아아아아!

허공을 가르며 날아간 화염구체.

퍼어억!

구체는 아버지, 아니 아버지의 모습을 흉내 내고 있는 가짜의 얼굴에 정면으로 명중했다.

화르르르륵!

전신을 감싼 불길이 빠르게 타올랐다.

"살… 려… 줘……."

가짜의 애절한 목소리가 들려왔다.

아버지보다도 더 아버지 목소리 같은 소름끼치는 목소리.

현성은 눈길을 돌렸다.

정면으로 마주보고 싶지도 않았다.

그때.

쓰러진 가짜의 몸에서 검은 기운이 하늘로 솟구쳤다.

그리고 마치 방향을 찾듯, 좌우로 움직이던 기운은 현성을 가리키는 방향에서 멈춰서더니.

엄청난 속도로 현성을 향해 접근해 오기 시작했다.

후우우우웅!

어찌나 빨랐던지 현성이 동작을 취하기도 전에 눈앞까지 쇄도해 들었다.

쑤욱!

"……!"

어떻게 막을 수 있는 것이 아니었다.

마치 연기처럼 현성의 가슴 속으로 파고든 검은 기운.

그 순간, 가슴 깊은 곳에서 순식간에 열화(烈火)와도 같은 뜨거운 느낌이 솟구쳤다.

"크아아아악!"

참을 수 없는 고통이 솟구쳤다.

현성이 처음 마나의 힘을 얻었을 때 느꼈던 고통에 버금갈 정도의 고통이었다.

"끄으으으으으으윽!"

시뻘겋게 변한 현성의 얼굴에서 고통의 흔적이 묻어났다.

누가 말해주지 않아도 직감할 수 있었다.

버텨내야 하는 고통이다.

스스로 견뎌내야만 하는 통과의례와도 같은 것이다.

눈으로 직접 볼 수는 없었지만, 체내에 들어온 검은 기운이 혈관을 따라 몸 전체로 퍼지는 느낌이 들었다.

전신에 골고루, 남는 공간 없이 퍼져 나가는 느낌이었다.

"쿨럭!"

고통에 찬 기침이 터져 나왔다.

현성은 뼈가 부러지고 살이 타는 것만 같은 고통에도 이를 악물고 최대한 참아냈다.

"현성아… 보고 싶구나……. 내게 따뜻하게 한마디 전해줄 수는 없겠니……."

등 뒤에서 들려오는 아버지의 목소리.

현성은 시선을 바닥에 고정시킨 채, 그 어떤 대꾸도 하지 않았다.

방해하고 있는 것이다.

목소리는 입마의 과정을 방해하고 있는 장애물이었다.

"후우. 후우. 후우."

극심한 통증의 여파가 지나가고.

몸속에 남은 열기의 후폭풍이 마지막으로 현성의 전신을 훑고 지나갔다.

현성은 심호흡을 반복, 또 반복하며 고통을 견뎌냈다.

그렇게 시간이 흐르길 10분 여.

주변의 모든 것도.

현성 자신의 몸 상태도.

조용해졌다.

미풍의 바람조차 없는 고요함이었다.

"후우우……."

터져 나오는 뜨거운 숨결.

그제야 현성은 한시름 돌릴 수 있었다.

* * *

또다시 정처 없는 발걸음이 계속됐다.

황량한 황무지를 걷고 나와 도심 속에 들어가면 이 적막한 느낌은 사라질 것이라 생각했는데.

도심의 모습을 베껴놓기만 했을 뿐, 사람은 아무도 없었다.

도심 한복판을 가로지르며 걷고 있는 것은 현성 자신뿐이었다.

그 많은 차들도, 사람들도, 어디에도 보이지 않았다.

날씨, 환경, 분위기 모두가 우울하게 만드는 구석이 있었다.

긍정적인 포인트는 단 하나도 캐치할 수 없는 곳.

아버지의 모습을 한 가짜를 죽이고 검은 빛의 기운을 얻고 난 후, 우울한 마음은 더 강해졌다.

현성이 에둘러 그런 생각을 하고 싶지 않아도 절로 생각이 나게 만드는 것이다.

이제야 현성은 이 장소의 목적을 확실히 깨달았다.

감정의 극한.

부정적이고도 악한 감정의 끝을 경험하게 하는 것이다.

평범한 사람은 우울하고 답답하고, 너무 슬프고 괴로워 버틸 수조차 없는 감정의 끝을 보게 하는 것.

그것이 바로 이 장소의 목적이고, 견뎌내야 할 목표였다.

"……."

현성은 묵묵히 아무 말 없이 길을 걸었다.

홀로 걷는 도심 한복판의 8차선 도로.

나쁘지 않았다.

사색을 하기에 적당한 공간이었다.

사업에 대한 생각은 잠시 잊었다.

지금 이 공간에서 만큼은 자신이 강해져야 하는 이유, 그 과정에만 전념하고 싶었다.

뚝. 뚝. 뚝..

후두둑. 후두둑.

그렇게 걷기를 5분 정도 지났을까.

먹구름으로 가득 찬 하늘에서 빗물을 뿌려내기 시작했다.

쏴아아아아.

어느새 장대비로 변한 빗줄기가 세차게 현성을 내리쳤다.

하지만 상관하지 않았다.

걷고 또 걸었다.

쿠웅! 쿠웅! 쿠우우웅!

그때.

8차선 도로의 저 먼 끝에서 지축의 울림과 함께 묵직한 그림자가 나타났다.

동시에 그 곁에서도 마치 연기처럼 예닐곱의 작은 그림자들이 솟아올랐다.

"왔구나."

멀리서 보이는 실루엣만으로도 누구와 마주칠지 짐작이 갔다.

자신과의 혈투 끝에 목숨을 잃었던 식인 살인마.

그리고 그 곁에 보이는 것은 얼마 전 박 신부와 자신의 손에 목숨을 잃은 뱀파이어들일 것이다.

"덤벼라!"

이번에는 현성도 방어적으로 움직이지 않았다.

한차례 기운을 얻은 탓일까?

몸 안에서 솟구치는 더 강렬한 마나의 힘이 느껴졌다.

"헤이스트……!"

크와아아아아!

크아아아아!

현성의 외침과 동시에 반대편에서도 지축을 뒤흔드는 고함 소리가 터져 나왔다.

눈앞을 분간하기 힘들 정도로 쏟아지는 빗줄기.

좋았다.

한바탕 뒤엉켜 싸우기엔 더할 나위 없이 좋은 환경이었다.

"간다."

빗물에 뒤섞여… 현성은 모든 잡념을 떨쳐버린 채, 무아지경의 마음가짐으로 전투 속에 녹아들었다.

* * *

시간의 흐름조차 잊어버린 가운데.

현성은 싸우고 또 싸웠다.

한바탕 전투를 치르고, 놈들을 모두 죽이고 나면.

얼마간의 시간이 지난 뒤, 다시 모습을 드러냈다.

끊임없는 부활의 연속이었다.

마치 현성을 괴롭히고 또 괴롭히는 것이 목적인 것처럼 망자(亡者)들은 계속해서 나타났다.

전투를 거듭할수록 상대는 점점 더 강해졌다.

현성과 싸울 때마다 움직임을 읽고 습득하는 것 같은 느낌이었다.

하지만 그것은 현성 역시 마찬가지였다.

계속해서 나타나는 망령들과 맞설 때마다 그들의 시신 위에서 피어난 검은 기운이 자신에게로 흡수됐다.

그때의 고통은 견뎌낼 만했다.

어떻게든 참고 또 참아내면 괜찮아지곤 했던 것이다.

* * *

걷고 또 걷다보니 어느새 익숙한 공간에 도착해 있었다.

어느 길로 왔는지도 알 수 없는 장소.

하지만 그 장소에는 예전에 현성과 부모님이 함께 살던 아파트 단지가 있었다.

"집……."

기억 속에서 어느샌가 잊고 있었던 과거의 집이었다.

혼자가 아닌 셋이 살던 집.

현성이 성인이 되기 전까지의 추억과 기억이 남아 있는 장소였다.

"……."

저 멀리 무언가가 보인다.

현성이 살던 110동.

그리고 10층의 3호 자리에.

창문이 열려 있었다.

거리가 점점 가까워질수록 창문 앞에 서 있는 한 여자의 모습이 선명해져 왔다.

"엄마."

현성의 어머니였다.

그녀는 복도 한 쪽에 놓인 창문을 열고는 우수에 젖은 표정으로 창밖을 바라보고 있었다.

그녀의 시선은 멀리 보이는 산을 향하고 있었다.

그리고 오른손에는 어디선가 사왔는지 알 수 없는 한 통의 알약이 쥐어져 있었다.

"아……!"

어머니의 마지막 모습인 건가!

애써 잊고 있었던 기억이 순식간에 떠올랐다.

어머니의 마지막 모습.

한가득 수면제를 먹고 난 후, 창백해진 얼굴로 쓰러져 있었던 어머니의 얼굴이 떠올랐다.

"텔레포트!"

현성이 바로 텔레포트 마법을 전개하려 했다.

하지만 아버지의 마지막 장면을 보았을 때 그랬던 것처럼… 아무것도 할 수 없었다.

"그럼, 뛰게라도 해줘! 뛰어서라도!"

드드드득— 드드드득—

마치 굵은 끈이 양팔을 붙잡고 있는 것처럼 허공에서 마찰음이 났다.

"으아아아아아아아악!"

현성이 괴성을 내지르며 온 힘을 다해 양팔을 잡아 당겼다.

여기서라도, 어머니를 구하고 싶었다.

부질없다는 것은 자신이 가장 잘 알고 있었다.

하지만… 그때 지켜드릴 수 없었던 슬픔과 아픔을 여기서라도 조금이나마 씻어내고 싶었다.

툭— 투툭—

그러자 마치 줄이 끊어진 듯한 느낌과 함께 꽉 묶여 있던 현성의 몸이 움직이기 시작했다.

현성은 뒤도 돌아보지 않고 뛰었다.

한달음에 아파트 정문으로, 입구로, 그리고 엘리베이터 앞으로 뛰었다.

"제기랄!"

엘리베이터는 멈춰 있었다.

불이 꺼져버린 엘리베이터는 버튼조차 눌리지 않았다.

쿵쿵쿵! 쿵쿵쿵!

현성은 전력을 다해 계단을 밟고 뛰어 올라갔다.

2층… 3층… 7층… 9층… 그리고 10층!

도착이었다.

콰앙!

철문을 열어젖힌 현성이 방향을 틀어 집으로 향했다.

방금 전까지 창가에 있던 어머니는 온데간데없었다.

반쯤 열려 있는 문만이 방금 전, 누군가가 집으로 들어간 흔적임을 알려주고 있었다.

"엄마! 안 돼!"

현성이 소리쳤다.

아직 시간은 충분했다.

이 정도 시간이면 약을 먹었다 하더라도 구할 수 있을 것이다.

콰앙!

타타타타탁!

현성이 문을 열어젖히고 어머니의 발끝이 보이는 안방을 향해 달려들었다.

침대 위에 누워 있는 듯한 모습이 보였던 것이다.

"아!"

그때.

현성의 모든 것이 완벽하게 멈춰버렸다.

몸을 움직일 생각조차 할 수 없도록 딱딱하게 굳어버린 몸.

그리고 흑백화면처럼 바뀌어버린 시야 사이로 시간이 빠르게 지나갔다.

어머니는 눈물을 머금은 채, 입 안으로 수면제를 털어 넣고 있었다.

그녀는 마지막으로 안방의 탁자 위에 놓인 가족사진을 바라보고 있었다.

아버지, 어머니, 그리고 현성…….

세 가족이 단란하게 찍은 사진이었다.

"……!"

무어라 말하고 싶었지만, 말조차 할 수 없었다.

어머니는 하염없이 눈물을 쏟아내며, 사진 속의 아버지와 자신을 어루만지고 있었다.

그리고.

시간이 지나자 어머니의 표정이 심하게 일그러졌다.

'엄마……!'

어머니는 몸을 바르르 떨며 고통을 호소하고 있었다.

하지만 삶에 뜻을 잃고 결심한 자살이었기 때문일까.

그 어딘가에라도 도움을 요청하려 하지는 않았다.

몇 차례 몸이 더 들썩이고.

점점 그녀의 움직임도 잦아들어갔다.

마치 모든 시간이 멈춰버린 것처럼.

어머니는 어느새 평온해진 얼굴로 긴 잠에 빠졌다.

다시는 일어날 수 없는… 마지막 잠이었다.

“엄마! 엄마! 아아아아, 엄마!”

몇 분 뒤.

문을 열고 들어온 과거의 자신이 그녀를 다급히 깨우고 있었다.

하지만 이미 어머니는 숨을 거둔 후였다.

쨍그랑!

그제야 현성을 에워싸고 있던 속박의 기운이 유리처럼 산산조각 나 흩어졌다.

동시에 과거의 자신의 모습도 가루처럼 흩날려 사라졌다.

“아…….”

현성이 깊은 탄성을 흘렸다.

결국 남은 것은 어머니의 마지막 모습을 다시 한 번 더 보았던 것뿐이었다.

그리고 어머니의 자살을 시도하기 전, 가족사진을 보며 흐느껴 울던 슬픈 모습을 본 것이다.

얼마나 힘드셨을까.

얼마나 고통스러웠을까.

굳이 생각하려 하지 않아도 생각하게 됐다.

가슴 속 깊은 곳에서 차오르는 슬픔과 아픔이 전신으로 퍼져 나갔다.

현성은 무릎을 꿇은 채, 하염없이 눈물을 흘리고 또 흘렸다.

꿋꿋하게 마주하고 견뎌냈던 아버지의 마지막 모습.

그때 참았던 슬픔이 한 번에 몰려와 터지고 있는 것만 같았다.

"아아아아!"

현성은 싸늘하게 식어버린 어머니의 시신을 붙잡은 채, 하늘을 향해 울부짖었다.

이 모든 것이 계획된 시련의 일부라고 해도, 현성은 슬픔을 애써 참고 싶지 않았다.

혼자가 된 이후.

참고, 참고, 또 참아왔던 눈물이었다.

스스로를 다그치고 다잡으며 참아왔던 슬픔들.

그 슬픔들이 어머니의 시신을 마주본 이 앞에서 만큼은 도저히 참아낼 수 없었다.

샤아아아아—

그리고.

어머니의 시신 위로 검은 기운이 또다시 피어올랐다.

"하아."

현성이 흘러내리던 눈물을 겨우 멈추고, 두 눈을 꼭 감았다.

이게 마지막 시련이라면.

마지막 고통은 상상, 그 이상을 초월할 것이다.

후욱—!

"……!"

그리고.

강렬한 어둠의 기운이 몸 안으로 파고들었다.

*　　*　　*

"……!"

버틸 수 있을 정도까지의 고통은 신음이라도 토해내면서 버틴다고 하지만, 그 이상을 뛰어넘는 고통이 전신을 엄습해오자 아예 비명조차 나오지 않았다.

비명을 내지를 힘조차 버티는데 써야만 했던 것이다.

숫제 뼈를 가루로 만들어 버리고, 손톱을 하나하나 뽑아버리고, 손톱 사이에 가시를 박는 것이 낫겠다 싶을 정도로 참을 수 없는 고통이 현성을 덮쳤다.

몸을 일으켜 세우거나 엎드릴 수도 없었다.

현성은 웅크린 자세로 전신을 에워싼 고통과 홀로 싸워내며, 눈과 코 그리고 입으로 계속해서 눈물인지 콧물인지 핏물인지 알 수 없는 것들을 쏟아냈다.

수많은 모습들이 현성의 눈앞을 스쳐갔다.

시뻘겋게 변한 눈.

그 앞에서 김양철과 그 수하들, 그리고 식인 살인마와 뱀파이어의 얼굴이 오르내렸다.

최후를 맞이하기 전, 흉물스럽게 일그러졌던 아버지의 모습도 보였다.

하얀 거품을 토해내며 마지막 숨을 헐떡이던 어머니의 모습도 현성의 눈앞에서 나타나 괴롭혔다.

—이제 그만두렴……. 의미 없는 짓이야…….

—사서 고생을 하느니 편하게 살거라…….

굳은 현성의 결심을 어지럽히는 어머니와 아버지의 목소리가 들려왔다.

"후우. 후우. 부모님의 얼굴을 빌어 그런… 헛소리 하지 마!!"

현성이 온 힘을 다해 외쳤다.

같잖은 소리 듣고 싶지 않았다.

파아아앗!

"크아아아아악!"

또다시 고통의 파도가 밀려들었다.

저항할 새조차 없는 고통은 이번에는 현성의 양팔과 양다리를 극한으로 잡아끌었다.

"크윽!"

마치 거열형을 당하는 죄수처럼.

목과 양팔, 양다리를 잡아당기는 엄청난 힘에 현성의 몸이 대(大)자 모양으로 펴졌다.

"크으으으으으윽!"

버텨내지 않으면 사지가 몸에서 빠져나갈 것만 같은 엄청난 고통이었다.

잔혹하다 싶을 정도로 아프고 또 아파서, 지금 이 상황을 기억하고 있는 것조차 소름이 끼칠 것만 같은 고통이었다.

—포기하면 편하지……. 안 그래?

툭. 툭. 툭.

"크아아악! 저리가라고 했다!"

이번에는 어둠 속에서 김양철이 모습을 드러냈다.

그리고 가장 아픈 부위만을 골라내어, 손톱 끝으로 툭툭 건드렸다.

그때마다 마치 뜨거운 인두로 몸을 지지는 것 같은 열통(熱痛)이 신경을 타고 전신으로 뻗어 나갔다.

—네 피는 좀 특별한 피이려나……?

후르릅— 후르릅—

동굴에서 조우했던 키 큰 남자가 현성의 목덜미를 연신 핥

아댔다.

차갑디 차가운 혓바닥이 목 언저리를 쓸고 지나갈 때마다 끈적끈적한 기운이 목에 남아 현성을 괴롭혔다.

쑤우우우욱!

"컥!"

바로 그때.

전신을 휘감싸던 모든 고통의 기운들이 일순간에 한 곳으로 몰려들었다.

왼쪽 가슴.

뜨거운 심장이 맥동하고 있는 그곳이었다.

"아아아아아아아아아아아악!"

영혼이 빠져나갈 것만 같은 고통이라면 이런 것일까?

그동안 정신력으로, 악으로, 깡으로 버텨오던 고통의 극한을 뛰어넘는 마지막 고통은 상상을 초월했다.

참아보겠다는 생각조차 들지 않는 엄청난 아픔.

이번만큼은 오로지 버텨내겠다는 생각으로 오던 현성의 인내심을 완벽하게 무너뜨릴 만큼 상당한 고통이었다.

더 이상은 무리였다.

미쳐버릴 것만 같은 고통.

현성은 모든 것을 내려놓기로 했다.

더 이상을 참았다가는 그거대로 죽을 것만 같았다.

차라리 여기서 정신줄이라도 놓으면, 고통은 못 느끼지 않겠는가.

—오빠, 할 수 있어요. 오빠는 정말 멋진 사람이잖아.

—동반자가 생겼다는 사실이 정말 기쁩니다. 내일의 밤하늘은 나 혼자만 바라보지 않을 수 있다는 게, 얼마나 든든하겠습니까?

—자네 덕분에 잃어버린 꿈을 찾았어. 정말 고마워.

—여긴 내가 몸이 분질러지더라도 최선을 다해 맡을 테니, 믿어만 줘! 이젠 내가 보답할 차례니께! 고마운 내 맘, 항상 알고 있제?

—현성아, 계속 앞만 보고 달려가자. 곁에서 언제나 도와주마. 내가 필요하면 언제든 불러줘.

그때.

현성의 머리맡에서 현성과 함께하던 동료들의 목소리가 흘러나왔다.

나락으로 떨어지기 직전.

현성의 곁에 나타난 동료들의 모습과 목소리들.

그 속에는 여자 친구 수연과 박 신부, 이 할머니와 천 할아버지, 그리고 상화가 있었다.

깊은 힘이 솟아났다.

버텨볼 수 있을 것 같은 자신감이 생겼다.

이미 고통에 고통이 뒤엉켜 찌들어버린 몸.

또 한 번의 고통쯤… 버텨볼 수 있을 것 같았다.

아니, 있다!

파앗!

"……."

다시 한 번 퍼져 나가는 고통.

현성은 아무 소리도, 아무 표정도 짓지 않고 그대로를 받아들였다.

무아지경.

아픔은 아픔대로, 뜨거움은 뜨거움대로.

그대로 받아들였다.

견디려고 하지도 않았고, 포기하려고 하지도 않았다.

그저 지금 그대로… 받아들일 수 있는 모든 것을 받아들였다.

* * *

—현성아.

"엄마."

—많이 힘드니?

"괜찮아. 괜찮아요."

사방이 온통 하얀 방 속에서 현성은 어머니와 대화를 나누고 있었다.

다시 마주한 어머니는 생전의 곱디고운 얼굴로, 늘 즐겨 입던 꽃무늬 원피스를 걸친 채 현성을 바라보고 있었다.

—얼마나 힘들었느냐. 이 애비가 제대로 도움도 주지 못하고 짐만 남기고 떠나갔구나. 면목이 없고, 또 없구나.

아버지도 있었다.

출근하기 전, 항상 챙겨 입으시던 정장.

그 모습 그대로였다.

말끔하게 다리미로 다린 와이셔츠.

줄이 잡힌 정장바지.

깔끔하던 생전의 그 모습이 아버지와 똑같았다.

"아닙니다, 아버지."

—내가 원망스럽겠지?

"자책하지 마세요. 단 한 번도 원망한 적 없습니다. 다만… 보고 싶습니다. 아버지, 그리고 엄마가 미치도록 보고 싶어요."

—이런 말이 네게 도움이 될지는 모르겠지만, 나와 네 엄마는 항상 널 지켜보고 있단다. 지금은 아니겠지만 먼 훗날에 때가 된다면… 그때 만나자꾸나. 그전까지 네가 보이지 않는 어딘가에서 항상 널 지켜보고 응원하고 있으마.

"아버지……."

—네가 원하는 삶을 살거라. 네가 사는 삶이다. 그 어느 누구도 마음대로 할 수 없고, 방해할 수 없다. 네가 뜻하는 바가 있다면 실행하거라. 망설이지 말고, 앞만 보고 달리거라.

"예, 예! 아버지!"

—미안하다, 아들아.

"아닙니다, 아버지… 아버지. 제가 꼭… 반드시 아버지와 엄마를 이렇게 만든 놈들을 꼭… 그 끝을 보겠습니다. 반드시요."

현성이 두 주먹을 불끈 쥐며, 양손을 움켜쥐었다.

여전히 잊지 않고 있었다.

복수에 대한 결심도 그대로였다.

언젠가 그들은 자신들이 행한 것에 대한 대가를 치르게 될 것이다.

—응원하고 있을게, 사랑한다. 내 아들아.

—힘내거라. 혼자가 아님을 꼭 명심하거라…….

"엄마! 아버지!"

부모님의 모습이 하얀 방에서 멀리, 점점 더 멀어져갔다.

현성은 환한 미소로 자신을 바라보고 있는 부모님의 모습을 기억 속에 담았다.

지금 이 모습을 기억하고 싶었다.

한없이 평온해 보이는 아버지와 어머니의 모습을…….

이것이 꿈이거나 자신의 환상이 만든 결과물일지라도 믿고 싶었다.

쿠우우우우웅!

"아아아아!"

이내 온통 빛으로 가득하던 공간이 무너져 내리며, 현성이 아래로 끝없이 추락하기 시작했다.

바닥을 알 수 없는 추락.

현성은 그 안에서 조용히 두 눈을 감았다.

이제 깨어날 때가 된 것 같았다.

아마도… 그럴 것이다.

* * *

"하아."

현성이 눈을 떴다.

예상했던 대로 방 안이었다.

긴 잠에서 깨어난 기분.

방금 전까지 온몸을 둘러싸고 있던 고통의 기운은 흔적도 없이 사라져 있었다.

현성은 말없이 누워 있었다.

그리고 조용히 마나의 흐름을 다시 촉진시켰다.

어둠의 힘, 흑마나의 힘은 얼마나 달라졌을까.

샤아아아아아—

수우웅— 수우웅— 수우웅—

"…달라졌다."

전과는 전혀 다른 움직임이었다.

흑마나의 흐름은 마치 4차선 도로에서 8차선 도로로 바뀐 길 위를 달리는 차들처럼, 빠르게 체내를 순환했다.

예전보다 곱절 이상으로 빨라진 흐름에는 거침이 없었다.

때문에 현성 자신도 마나의 흐름과 박자를 놓치고, 예상보다 빠르게 구현되는 마법에 놀랄 정도였다.

깊이도 달라졌다.

몇 차례의 회전을 거듭하고 나면 어느 정도의 소진(消盡)이 느껴졌던 마나의 총량이 대폭 늘어난 느낌이었다.

—쉽지 않았던 모양이구나.

"예."

자르만의 목소리가 들려왔다.

그의 목소리에 혹시나 싶어 시계를 보니, 약 세 시간이 흘러 있었다.

—사흘이 흘렀지. 그 안에서의 시간은.

"예, 그런 것 같습니다."

—무슨 일이 있었는지, 어떤 감정과 고통을 겪었는지. 우리는 그 아무것도 묻지 않을 것이다. 준비하거라. 지금부터 네가 요긴하게 쓸 만한 마법들을 알려주겠다.

"예."

잡다한 대화는 필요 없었다.

현성은 바로 수련에 들어갔다.

더 강해지기 위해 겪은 슬픈 과거, 분노, 증오와의 조우는 가슴 한 구석에 묻은 채.

새로운 시작을 향한 발걸음이었다.

*　*　*

"마인드 컨트롤. 사람의 정신, 정확히 말하자면 뇌를 조종하는 마법. 원하는 대로 상대를 조종할 수 있고… 상대는 자신이 조종당하고 있다는 것조차 알지 못한 채, 원하는 대로 행동하게 된다. 마나의 소모량은 매 초마다 그전의 곱절로 늘어나기 때문에 마나의 총량이 곧 상대의 조종시간과 직결된다. 이를 보완하기 위해 흑마법사들은 종종 마나석을 쓰기도 했다……."

이틀 후.

현성은 자신이 자르만으로부터 배운 마법들을 하나씩 정리하고 있었다.

그 특징과 효과를 다시 한 번 깨닫기 위해, 정리한 내용들을 읽어나가고 있었던 것이다.

"이그나이트……. 인체를 발화시키는 강력한 흑마법. 거대한 불길을 위해 충분한 기름과 장작이 필요하듯, 이그나이트 역시 사전 작업을 필요로 한다. 마나 주입이 필요. 방법에는 여러 가지가 있지만 강제로 체내에 흑마나를 불어넣고 바로 발화시키는 강제발화와 서서히 기간을 두고 자연스레 마나를

'묻혀둔' 뒤, 어느 정도 시간이 지나면 발화되도록 하는 자연 발화가 있다. 위력은 후자가 더 강하지만, 보통의 전투에서는 전자의 활용률이 99%에 가깝다."

사람의 마음을 조종하는 마법.

그리고 단 한 번의 시도로 살아 있는 사람을 불타는 고깃덩어리로 만들 수 있는 잔인한 살상 마법.

아직 직접 실험해 보지는 않았지만, 설명을 통해 느껴지는 것만으로도 그 위력은 상당해 보였다.

"쉐도우 카피. 본신의 모습을 빼어 닮은 그림자를 만들어낸다. 그림자이기 때문에 물리적인 공격이나 방어는 불가능하지만, 적과 접촉하지 않는 한 그림자인지 본신인지 판단하는 것은 어렵다. 주로 적을 교란하거나 유인할 때 쓰인다. 기본 지속 시간은 15초. 휴식 시간은 1분. 지속 시간은 원하는 대로 늘릴 수 있으며, 늘린 배수만큼 휴식 시간이 늘어나게 됨을 명심."

파앗—

"흐음."

"흐음."

"확실히 만져보지만 않는다면… 모르겠는데."

"확실히 만져보지만 않는다면… 모르겠는데."

현성이 쉐도우 카피 마법을 전개하자, 정면에 현성을 똑같이 닮은 그림자가 생겨났다.

현성의 얼굴 한 쪽에 있는 작은 잡티까지도 똑같이 빼닮은 그림자였다.

다만 손끝으로 만져보려 하니, 허공에 손을 휘젓는 것처럼 통과해 버렸다.

하지만 보고 있는 것만으로는 감쪽같았다.

"애시드 미사일. 말 그대로 산성의 기운을 머금은 발사체를 시전……. 산성의 강도는 마나의 사용량에 비례해서 커지지만, 캐스팅 시간이 비례해서 늘어나게 되므로 시간 조절이 무엇보다 중요하다. 자칫 잘못했다가는 캐스팅 단계에서 무산, 오히려 자해(自害)를 입히게 될 수도 있다."

애시드 미사일.

매직 미사일이나 파이어 볼보다 더 강력한 살상 마법이었다.

강한 산성을 보유할수록 더 위력적으로 변하는 마법.

쉬운 비유로 염산이나 황산을 뒤집어쓴 사람이 화상을 피할 수 없는 것처럼, 애시드 미사일의 살상력은 그 본질 자체에 존재하는 것이었다.

"그리고 마지막. 카피. 복제 마법. 쉐도우 카피가 복사된 형상만을 만들어낸다면, 카피는 완벽하게 똑같은 분신을 만들어낸다. 카피 마법은 자신이 보유한 마나 전량을 소모해야만 캐스팅과 시전이 가능하며, 분신의 조종은 본체가 원하는 대로 가능하다. 분신이 보고 듣는 모든 것들을 공유할 수 있다. 구조는 본신의 것과 같기 때문에 급소를 공격당하거나, 여타 일반적인 살인(殺人)에 관련된 방법이라면 제거가 가능하다. 쉐도우 카피와 달리 지속시간이 3시간으로 긴 편이며, 소모된 마나를 그대로 가지고 있기 때문에 마법 시전도 가능하다. 매우 요긴한 마법이지만 마나 소모량이 많아, 반드시 회복에 필요한 시간이 담보되어야 한다."

현성이 정리한 내용의 마지막 줄이었다.

마인드 컨트롤.

쉐도우 카피.

이그나이트.

애시드 미사일.

카피.

다섯 개의 강력한 흑마법을 얻게 된 현성은 전과는 비교도 안 될 정도로 더욱 강력해져 있었다.

입마.

그리고 고통스러웠던 시간들.

그 시간들을 견디고 또 견뎌낸 현성은 전보다 더 차갑고 냉정한 사람이 되어 있었다.

5장 블랙 네트워크

"야, 뭘 그렇게 보고 있어?"

"블랙 네트워크. 모르냐?"

"블랙 네트워크? 처음 들어보는 건데? 오픈 베타 시작하는 게임 이름이냐?"

"아니… 그런 게 아냐. 심판의 공간이지. 사회에서 죽어 없어져야 마땅할 쓰레기들에 대해 의논하고, 진심으로 그놈들의 죽음을 비는… 그런 곳이야."

"뭐야, 그게? 그래 봤자 걔네들이 죽기라도 하냐?"

"글세……. 그건 이제 곧 알게 되겠지."

"뭐야? 저기 앉아 있는 애들도 다 니가 보는 사이트에 들어가 있다?"

"니만 모르고 있는 거라니까……."

톡. 토톡. 톡.

고등학교 명찰을 단 남학생의 마우스가 분주하게 움직였다.

블랙 네트워크라는 이름에 맞게 검은 바탕으로 채색된 사이트에는 붉은 글씨로 적힌 제목 글씨들이 게시판마다 즐비하게 정렬되어 있었다.

누가 만들었는지.

언제부터 운영되었는지는 아무도 알지 못했다.

하지만 지금은 하루 방문자 수치만 몇 십만을 훌쩍 뛰어넘을 정도로 인기 있는 사이트가 되어 있었다.

[원합니다] 이 사람이 죽기를 원합니다.

제가 중학교 3학년이던 때, 짝사랑하던 여자애가 있었습니다. 정말 꽃다운 친구였는데… 담임이라는 남자 선생이 몰래 이 여자애를 추행했어요. 그 뒤로 여자애는 남자라면 치를 떨게 됐어요. 제 마음도 받아주지 않았고… 더 웃긴 것은 이런 파렴치한 놈이 여전히 선생질을 하고 있다는 겁니다!

원합니다, 이 사람이 죽기를 원합니다.

이 사람의 이름과 개인정보를 첨부합니다.

심판자가 있다면 반드시 이 파렴치범을 처단해 주세요.

[원합니다] 죽여주세요.

매일 술만 퍼먹고 들어와 깽판만 치는 아버지, 아니 개만도 못한 이 새끼를 죽여주세요.

제발 죽여주세요.

저와 어머니를 괴롭히는 이 개 또라이 같은 놈을 잔혹하게 찔러 죽여주실 수 없나요.

심판자여, 죽여주세요.

이 사람을.

사이트는 온통 누군가가 죽기를 원한다는 글로 가득 차 있었다.

이유도 다양했다.

아무런 목적이나 이유 없이 죽여 달라고 적힌 글도 있었지만, 자세한 이유와 내용을 첨부하여 '죽어야만 하는 정당성'을 제시한 글도 있었다.

보기만 해도 소름끼치는 글의 연속이었지만, 학생들은 오히려 킬킬대거나 오— 하고 감탄사를 흘려내며 내용을 탐독(耽讀)하고 있었다.

"이게 뭐야. 의미 없는 배설 사이트잖아. 무슨 데스노트처럼 적는다고 사람이 죽는 것도 아니고."

"그래도 신기하지 않냐. 저마다 죽었으면 하는 사람들이 이렇게 많다는 게. 여기 적혀 있는 글만 벌써 수십만 개야. 그게 무슨 뜻이겠어? 죽어 마땅할 만한 이유를 가지고 있는 사람이 그 정도는 된다는 거 아냐."

옆에 있는 친구의 타박에도 남학생은 계속 마우스를 움직여가며 글을 클릭했다.

호기심에 가득 찬 눈빛은 구구절절한 사연을 가지고 올라오는 살인 요청글에 고정되어 있었다.

남학생의 친구는 고개를 들고 주변을 둘러보았다.

"뭐야……."

혹시나 하는 마음에 둘러본 주변 광경은 상상 이상이었다.

학생, 어른, 남녀 할 것 없이 블랙 네트워크의 글을 읽고 있었다.

검은 화면에 붉은 글씨만 봐도 알 수 있는 것이었다.

누군가는 키보드를 두드리며 글을 적고 있었고, 누군가는 사진까지 첨부해 가며 디테일하게 글을 쓰고 있었다.

"이런다고 그 사람들이 죽진 않잖아. 야, 그만 해. 남는 것도 없는 이런 일을 왜 해?"

친구가 남학생을 말렸다.

하지만 남학생은 고개를 저었다.

되려 옆에 있는 친구를 이상하게 보는 눈치였다.

"그래, 변하는 건 없을 수도 있지. 하지만 우리가 살면서 얼마나 많은 스트레스를 받고 있냐? 정말 죽었으면 하는 사람, 너는 없어? 넌 세상의 모든 사람들이 다 살아 숨 쉬어야 한다고 생각해? 연쇄 살인마는? 어린아이의 소중한 곳을 흉물스럽게 만들어 버린 아동 성폭행범은? 개네들도 살아 숨 쉬어야 공평하다고 생각해?"

"그건… 이거랑은 다르잖아!"

"아니, 다르지 않아. 죽어야 할 사람의 죽음을 기원하는 것뿐이야. 이렇게라도 글을 적고, 또 보고 나면 가슴이 후련해지는 그런 걸 원하는 거라고. 누가 진짜로 죽는대? 아니면 누가 나타나서 죽여준대? 그냥 쓰는 거란 말이야. 왜 이리 과민반응이야?"

"야… 너 왜 그래."

"됐어, 들어가. 괜히 네가 옆에서 뭐라고 하니까 기분만 상한다."

"……."

눈에 핏발까지 세워가며 말하는 남학생의 모습에 친구는 전에는 느끼지 못했던 이질감을 느꼈다.

마치 무언가에 홀려버린 것 같은 얼굴.

그 얼굴을 마주보고 있을 수가 없었다.

"…미쳤어."

한달음에 밖으로 달려 나온 친구는 고개를 휘휘 저었다.

뭔가 잘못되어도 한참 잘못된 것 같은 모습.

하지만 어찌된 일인지, 점점 주변의 사람들은 이 괴기스런 사이트에 중독되어 가고 있었다.

*　　*　　*

"때 아닌 자정의 티타임이라니. 제가 너무 언밸런스하게 시간과 메뉴를 선택한 건 아닌가 싶네요."

"괜찮습니다. 간만의 휴무일이니까요. 커피 한잔이 문제될 건 없습니다. 여차하시면 소주 한잔도 나쁘지 않죠."

"후후, 내일은 일정이 어떻게 되십니까?"

"오랜만의 데이트라고나 할까요. 그간 서로 바빠 잘 만나지 못했던 여자 친구와 오붓한 시간을 보낼 생각입니다."

"하하하, 봄날의 데이트라! 좋지요. 정말 좋은 생각입니다."

"신부님은……?"

"그러게요. 어차피 파적까지 당한 마당에 예쁜 여자 친구 하나 만드는 것도 나쁘진 않겠군요."

"그 이상의 조언에 대해서는 노코멘트 하겠습니다. 후후."

"하하하, 여기까지가 딱 적당하겠군요. 각자 개인 사정에 맡기는 걸로……? 하하하하!"

첫 만남 때의 차가워보였던 인상과 달리, 두 번째 만남은 서로가 서로에게 좀 더 부드러워진 느낌이었다.

꽤 오랜만의 만남이었지만, 마치 몇 시간 전에 만났다가 헤어진 것처럼 익숙했다.

현성은 달리 사람을 가리는 것이 없었고, 박 신부는 붙임성이 좋았다.

그 때문인지 대화를 나누거나 함에 있어서도 트러블보다는 서로가 공감하고 이해하는 구석이 더 많았다.

"그간 어떻게 지내셨습니까?"

현성이 먼저 박 신부의 안부를 물었다.

"아이들을 돌보며 지내는 것이 기본적인 일상이지요. 아이들은 잘 자라고 있습니다. 요 근래 별다른 움직임이 없어요. 지난번 전투로 포인트 하나가 몰살당한 탓인지… 꽤나 몸을 사리는 모습이거든요."

"뱀파이어들 말씀하시는 겁니까?"

"네. 눈썰미가 있는 놈들이 현장을 왔다갔다 하면 한 사람이 아니라 두 사람이 있었다는 것 정도는 쉽게 알겠죠. 저 하나만으로도 눈치를 보며 버거워하는 놈들이니, 저보다 더 한 '괴물' 이 추가되었으니 겁을 먹는 게 당연할지도요."

"아닙니다. 전 그저 방패막이 정도나 했을 뿐이죠."

"그렇게 생각하신다면, 저는 세상에서 가장 날카롭고 뾰족한 방패를 가지고 있는 듯싶군요. 너무 겸손하실 필요는 없어요. 인정할 건 인정해야죠."

"아닙니다."

칭찬이 오고 갔다.

어쨌든 별일 없었다는 박 신부의 말에 현성은 마음이 놓였다.

무슨 일이 있었다는 애기를 듣는 것보다, 아무 일도 없었다는 애기를 듣는 게 더 낫지 않겠는가.

"현성 씨는 어떻습니까? 여러 가지 소식은 신문으로 뉴스로, 기사로 다 보고 있습니다. 사실 현성 씨가 없을 때, 조용히 오인오색 매장도 다녀왔구요. 정말 맛있더군요. 듣기 좋으라고 하는 칭찬이 아니라, 미식가로서 드리는 말입니다. 오인오색은 반드시 대박이 날 겁니다. 한번 먹어보면 계속 먹고 싶어질 테니까요."

"언제 오셨었어요? 미리 말씀이라도 주시지 그러셨습니까! 그럼 인사라도 다시 드리고 했을 텐데요."

"원래 맛에 대한 평가는 아무런 부담이 없을 때 혼자서 해보는 겁니다. 후후."

"칭찬 감사합니다. 좋은 부분은 새겨듣고, 따끔한 한마디 해주시면 보완하겠습니다."

"지금은 그대로가 가장 좋아 보입니다. 어떤 변화를 주시려고 할 필요는 없어 보입니다."

"감사합니다."

박 신부의 칭찬에 더욱 힘이 났다.

인터넷상에 매일 같이 올라오는 호평들도 매번 감사하고

힘이 나는 글들이었지만, 이렇게 직접 귀로 듣는 칭찬이 더욱 마음에 와 닿는 것이다.

* * *

"자리를 좀 옮길까요?"

인적 드문 공터의 벤치에 앉아 캔커피를 마시며 대화를 나누던 박 신부가 먼저 자리에서 일어섰다.

마침 캔커피를 다 마셨을 즈음이기도 했고.

그간의 안부를 전하고 묻는 평범한 대화가 끝난 시점이기도 했으니.

이제 중요한 이야기들이 나올 차례인가 싶었다.

인적이 드문 곳이라고 해도, 언제 누군가가 어디서 이야기를 듣고 있을지는 모를 일이었다.

심한 비약이 섞인 가정이라 할 수도 있겠지만, 만약에 인비저블과 같은 투명화 능력을 지닌 존재가 있다면… 이 얘기를 지근(至近) 거리에서 엿듣고 있을지도 모를 일이었다.

"괜찮으시면 제 집은 어떻습니까?"

"하하하, 그 명성 자자한 옥탑방 말인가요?"

"그렇습니다. 생각보다 조용합니다. 주변에 집이 몇 채 없기도 하죠."

"그럴까요? 그럼 구경 한 번 부탁드려도 되겠습니까."

"물론이죠. 자, 따라 오시죠."

현성이 앞장섰다.

박 신부가 조용히 현성의 뒤를 따랐다.

한편으론 계속 주변으로 눈길을 돌렸다.

이제는 습관처럼 배어버린 행동이었다.

항상, 언제나, 주변을 경계하고 또 경계하는 것.

오랜 시간 홀로 싸워온 박 신부에게는 당연한 행동이었다.

또한 자신을 노리는 목숨이 많은 만큼, 어쩔 수 없는 방어 본능이기도 했다.

"자꾸 주변을 보시네요."

"습관이 되어서요. 고쳐지지 않네요. 뭔가가 있으면 어차피 몸이 먼저 느낄 텐데. 그래도 마음이 불안해서 자주 이러곤 합니다. 고치려 해도 고쳐지지 않으면, 그대로 두는 게 가장 나을 테니까요."

지난번 보았던 박 신부의 모습과 달리, 오늘은 줄곧 눈빛에서 불안한 기색이 보이는 것이 달라 보였다.

그래서 인간적으로 느껴지는 부분도 있었다.

"현성 씨."

"예?"

"범죄자를 단죄하는 것에 대해서는 어떻게 생각하십니까?"

“범죄자를 단죄한다……. 이를테면 사형이 마땅한 범죄자들에게 내려진 솜방망이 같은 처벌을 대신 한다……. 그런 말씀이겠죠?”

“그렇습니다. 사형제가 실행되지 않은지도 벌써 20년에 가까워져 가고 있으니까요. 하지만 죽어 마땅하다는 사람들은 점점 늘어가고 있죠.”

“냉정한 판단을 전제로 한다면, 죽어 마땅한 범죄자는 당연히 그래야만 하겠죠. 다만 그것이 객관성을 잃은 주관적이고도 감정적인 판단에서 나오는 것이라면 조심해야 합니다. 사실 이런 이유들로 인해서 사형집행이 안 되는 것이기도 하겠죠.”

“맞습니다. 사람이 사람의 죽음을 결정할 수는 없다는 게 사형 반대론자들의 이야기입니다만… 글쎄요, 제 생각은 좀 다릅니다.”

“죽어 마땅한 사람이라면 죽어야죠. 그래야 합니다.”

박 신부의 말에 현성도 고개를 끄덕였다.

신부의 입에서 그런 강경한 발언이 나오니 괜시리 이질적인 느낌도 들었다.

물론 박 신부는 종교적 테두리에 갇혀 있는 꽉 막힌 사람은 아니었다.

그래서 이러한 발언도 소신있게 할 수 있는 것이다.

“다 왔습니다.”

현성이 눈앞을 가리켰다.

이야기를 나누며 걷다 보니 어느새 집 앞이었다.

* * *

"최근 유행하고 있는 사이트입니다. 한 번 보시겠습니까?"

"음… 이념갈등이나 남녀비하 등을 중심으로 하는 그런 사이트인가요?"

"아닙니다. 성격 자체가 다릅니다. 한 번 보시죠."

박 신부가 현성의 방 안에 놓인 노트북을 이용해 화면 몇 개를 펼쳐 보였다.

"블랙 네트워크……?"

화면에 나타난 것은 검은 배경화면에 온통 붉은 글씨로 채워져 있는 홈페이지였다.

단색의 검은 배경과 붉은 글씨가 전부였지만, 그 자체로도 으스스한 느낌을 풍기는 사이트였다.

"최근 젊은 층을 중심으로 빠르게 확산되고 있는 커뮤니티입니다. 누가 운영을 하고 있고, 그 이유가 무엇인지도 모르죠. 이 사이트의 목적은 하나입니다. 그저 자기가 죽었으면 하는 사람들에 대해 그 이유와 정당성을 적어 넣는 겁니다."

"실제로 누가 죽었나요?"

"아직은 아닙니다."

"아직이라 하시면… 음, 이 사이트의 탄생 과정에 우리가 모르는 무언가가 있을 가능성을 염두에 두신 거군요."

"누군가가 죽기를 바라는 건 그리 이상한 것만은 아닙니다. 희노애락의 감정을 겪다 보면, 살인 충동도 생기기 마련이니까요. 하지만 이런 사이트를 공식적으로 만들고, 활성화를 시키려면 적어도 만든 사람에게는 목적이 있었을 겁니다. 아무 생각 없이 만들었다고 하기에는 운영도 체계적으로 이루어지고 있구요. 관리 서버도 해외에 있어 여간 까다로운 게 아니죠."

"잠시 둘러봐도 되겠습니까?"

현성의 말에 박 신부가 고개를 끄덕였다.

현성이 바쁘게 마우스를 움직이며, 홈페이지의 글들을 읽어갔다.

박 신부의 말대로 저마다 구구절절한 이유를 적어 넣은 글들이었다.

그중에는 개인적인 감정에서 비롯된 것이 아닌, 이를테면 사회적으로 문제를 일으킨 살인마나 성폭행범들에 대한 죽음을 기원하는 글들도 있었다.

평범한 글들도 조회수가 수천, 수만을 육박했다.

이슈가 될 만한 살인자나 범죄자에 대한 언급이 들어간 글은 수십만의 조회수를 기록하기도 했다.

단순한 일부 유저들의 커뮤니티라고 보기에는 규모가 상

당했던 것이다.

"이런 걸 모르고 있었다니."

"음성적으로 교감이 오고가는 곳이니까요. 저도 우연히 알게 된 겁니다."

"음… 목적이 있는 곳이라면… 분명 조만간 누구든 죽을 겁니다. 제가 이곳을 운영하고 있는 운영자라면… 그리고 사이트를 만든 목적이 있었다면."

"있었다면?"

"여기서 눈에 띄는 글들의 표적들은 조만간 죽을 수도 있을 겁니다. 그래야 이 사이트에 힘이 더 실리게 되겠죠. 수많은 사람들이 몰려들 것이고, 살인의 이유가 정당화될 겁니다. 만화 데스노트에서 주인공 키라가 정의 실현을 이유로 살인을 정당화했던 것처럼 말입니다. 다수의 사람들이 죽어야 한다고 생각하는 사람이 있다면, 그 사람의 죽음은 안타까움이 아닌 환호를 받게 될 테니까요."

현성은 예리하게 사이트의 본질을 파악했다.

그러고 나니 더 섬뜩하고 무섭게 느껴지는 곳이었다.

이곳에는 중도라는 것이 존재하지 않았다.

죽여라, 죽어라, 죽어야만 한다, 죽어 마땅하다, 죽어줬으면… 하는 바람들만이 가득한 곳이었다.

"예리하시군요. 현성 씨."

"예."

"느낌이 오지 않으십니까?"

박 신부가 질문을 건넸다.

그가 말하는 느낌…….

확실히 있었다.

"분명 이 뒤에는 누군가가… 음?"

바로 그때.

다른 글을 보기 위해 새로이 게시판 페이지를 갱신하던 현성은 방금 전까지만 해도 올라오지 않던 새로운 팝업창이 뜨는 것을 확인했다.

그리고 붉은 글씨로 칠해진 한 줄의 제목과 링크를 확인할 수 있었다.

너희들이 원하는 대로 가장 죽어 마땅한 놈을 죽였다. 확인들 해라.

"……."

박 신부가 숨을 죽였다.

"설마 제가 생각하는 그런 건 아니길 바라지만… 그럴 것 같군요."

현성이 뇌리를 스쳐가는 스산한 느낌에 인상을 찌푸리며, 제목 아래의 링크를 눌렀다.

그러자 몇 초의 로딩 기간을 지나더니 이내 동영상이 재생되기 시작했다.

'아아악, 살려줘! 살려달라니까!'

'이놈은 7살 밖에 되지 않은 어린아이를 성폭행 하고도 겨우 징역 5년의 처벌만 받고는 얼마 전 출소한 놈이다. 교도소 안에서 아이의 부모에게 출소하면 다시 딸을 똑같이 만들어 주겠다는, 미치지 않고는 보낼 수 없는 편지도 보냈다니. 이런 놈은 살아 있을 이유가 없다.'

'제발, 목숨만은!'

'잘 봐라. 내가 너희들의 열망을 대신해 이놈을 죽인다.'

'으아아아아악!'

영상 속의 장면들은 여과 없이 재생되고 있었다.

목소리의 주인공은 무언가를 의식한 듯 자신의 목소리를 변조하고 모습을 드러내지는 않았다.

하지만 확실한 것은 영상 속의 성폭행범이 목소리의 주인공에 의해 예도(銳刀)로 난자당하고 있다는 것이었다.

사방으로 피가 튀었다.

성폭행범은 애원하고 또 애원하고 있었다.

하지만 목소리의 주인공은 일말의 망설임도 없이, 마치 고기를 썰듯 성폭행범을 도륙(屠戮)해 나갔다.

이내 펄떡이던 성폭행범의 움직임이 잦아들며, 바닥에 흥

건해진 핏물 사이로 고개를 처박았다.

죽은 것이다.

'앞으로도 너희들의 꿈을 이뤄주기 위해 노력하겠다. 죽어야 할 놈은 반드시 죽는다.'

영상은 남자의 목소리를 마지막으로 끝이 났다.

혹시나 하는 마음에 둘러본 인터넷 포탈 사이트에는 실시간 검색어 순위 1위로 이 영상이 링크되고 있었다.

이어서 순위 2위, 3위로는 죽은 성폭행범의 이름과 죽은 것으로 예상되는 장소가 올라와 있었다.

"정말 대담하군요. 자신의 살인을 아무렇지 않게 영상으로 만들어 내보낼 수 있는 사람… 홈페이지를 이용해 직접 게시할 정도면, 운영의 주체가 아니면 할 수 없겠죠."

현성이 영상을 끄고는 냉랭한 표정으로 말했다.

죽은 성폭행범은 현성도 잘 알고 있는 인물이었다.

대다수의 사람이 생각하듯, 선고된 형량이 부족하다 생각했었던 차였다.

선고 당시에도 솜방망이 처벌이라는 말이 많았었지만, 자연스레 시간이 지나며 잊혀졌던 인물이었다.

영상 속의 주인공이 남긴 말대로.

죽어야 할 놈이 죽은 것은 사실이었다.

하지만 그 말투와 어조 속에서는 현성이 꿈꾸는 '정의 실현' 과 같은 열망이나 열정은 느껴지지 않았다.

말로는 설명할 수 없지만.

그저 자신의 살인을 정당화하기 위해 적당한 먹잇감을 찾은 느낌이었다.

—죽었다! 놈이 죽었어!

—거봐, 내가 뭐랬어! 진짜 죽여줄 사람이 있다고 했잖아. 와나 진짜 소름 제대로 끼쳤다. 이제 죽을 놈은 진짜 죽는 거아냐. 시발 누구, 누구 쓸까? 죽었으면 하는 놈이 한 둘이 아닌데!

—정의의 사도가 틀림없다. 찬양하자.

—실제로 사람이 죽는 영상을 보면서 거부감이나 혐오스러움이 아닌 통쾌함을 느낀 건 이번이 처음이었다. 하… 정말 기분이 너무 좋다. 찬양하자. 이 사람은 영웅이야.

초 단위로 글과 페이지가 갱신될 정도로 계속해서 글이 올라오고 있었다.

모두가 영상을 보고 후련하다는 내용을 적은 글들이었다.

간간히 보이는 부정적인 의견을 피력한 글들은 다른 유저들의 집중 포화를 받고는 삭제되거나 리스트에서 밀려났다.

"느낌이 좋지 않은 건, 저 혼자만의 생각일까요?"

현성이 옆에서 말없이 지켜보고 있는 박 신부에게 물었다.
그러자 박 신부가 말했다.
"제 생각도 비슷합니다. 이 사람, 결코 좋은 의도로 이 일을 계획하고 있는 게 아닙니다."
"하지만 지금 이 상황에선 어떻게 나설 방법도 뚜렷해 보이지 않는 군요."
"좀 지켜보는 게 어떻겠습니까?"
"그게 좋을 듯합니다. 이번 한 번으로 끝이 아닐 겁니다."
박 신부의 말에 현성이 고개를 끄덕였다.
지금은 나서려 해도 방법을 찾을 수 없었다.
상대는 철저하게 익명 속에, 어둠 속에 모습을 숨기고 있으니까.
어떤 목적이나 목표가 있다면.
곧 모습을 드러낼 것이다.

* * *

일주일이 흘렀다.
현성은 다시 일상으로 돌아와 일에 전념했고, 박 신부도 아이들을 돌보며 바쁜 시간들을 보냈다.
틈틈이 '블랙 네트워크'의 근황도 확인했다.
현성의 예상대로 흐름이 이어졌다.

영상 속 목소리의 주인공은 하루 간격으로 새로운 영상을 계속 블랙 네트워크 메인 화면에 게재했다.

그때마다 새로운 인물들이 죽어갔다.

부패 정치인, 악덕 사채업자, 연쇄 살인범 등등…….

하지만 이유를 알 수 없는 희생양도 있었다.

살인 영상이 올라올 때마다 유저들이 발 빠르게 해당 인물의 뒷조사를 하곤 했는데, 총 일곱 명의 희생자 중 두 명의 인물은 별다른 흠결(欠缺)이 없는 인물이었다.

영상 속에 남겨진 내용에 따르면, 전 여자 친구를 스토킹했다거나 불법 다단계 판매를 했다는 내용이었지만… 실제로 유저들이 파악한 바에 따르면 전혀 그런 것과는 관계없는 인물이었던 것이다.

하지만 '이유를 딱히 알 수 없는' 사람의 죽음보다 사람들의 관심은 자연스레 '이유가 확실한' 자의 죽음으로 쏠렸고, 그에 대한 칭송 분위기는 계속 이어졌다.

경찰은 사이트에 대한 대대적인 조사에 나서는 한편, 살인마의 행방을 쫓아 반드시 검거하겠다고 공언했지만 진척은 전혀 없었다.

현성은 살인의 중간 중간에 살짝 끼어든 의외의 인물들이 신경 쓰였다.

혹시나 하는 마음에 조사를 해봤지만, 딱히 뚜렷한 이유가 나오지도 않았다.

블랙 네트워크의 유저들은 살인의 주체와 그 방식을 가장 궁금해 했다.

영상 속의 장면으로는 어떤 사람일지, 외모가 어떨지 생각조차 할 수 없었다.

보이는 것은 손끝과 뒷모습뿐이었다.

확실한 것은 수준급의 검술(劍術)을 보유하고 있다는 것.

그리고 잔혹하게 사람을 죽이는 효과적인 방법을 알고 있다는 것이었다.

대부분의 유저들은 과정이나 이유보다는 결과에 집중했다.

죽어야 할 놈이 죽었으니.

끝이었다.

더 바랄 것이 없었다.

사이트에는 연일 영상 속의 주인공에게 자신의 글을 꼭 읽어달라며, '죽여야 할 이유가 충분한' 사람들에 대한 청원을 담은 글이 줄을 이었다.

그러던 와중에 현성과 박 신부의 시선을 동시에 끌게 된 변화가 있었다.

사이트에 새로운 게시판과 글이 추가 된 것이다.

[마음껏 능력을 발휘해 볼 사람이 있는가? 특별한 능력이 있다면, 그리고 세상을 심판하고자 하는 마음이 있다면, 그

능력을 홀로 숨겨두고 있기보다는 우리들처럼 누군가의 열망을 위해 써보는 것은 어떤가?]

별도로 추가된 게시판에는 굵은 글씨로 이와 같은 내용이 적혀 있었다.

아래에는 네 번의 우회과정을 거쳐 연결되는 별도의 사이트 링크가 있었다.

현성과 박 신부는 만약을 위해 사이트 링크까지는 클릭하지 않았다.

이 사이트의 존재 목적의 의심되는 만큼, 그 과정에서 역추적 되거나 현성과 박 신부의 정체가 드러날 수 있는 가능성을 차단하기 위해서였다.

*　　*　　*

그날 밤.

박 신부와 현성은 서울 근교의 어느 허름한 PC방에 와 있었다.

거주 지역과는 전혀 관계없는 장소에서 접속을 시도해 보기로 한 것이다.

홈페이지의 분위기는 평소와 같았다.

새롭게 추가된 게시판에 대해서는 그저 이벤트성이겠거니

하며 넘기는 말들이 많았다.

능력자니 뭐니 하는 말들은 아무래도 허무맹랑하게 느껴질 수밖에 없기 때문이다.

하지만 현성과 박 신부의 생각은 달랐다.

바로 이 게시판과 내용이 사이트의 본질이라고 생각했다.

운영의 주체가 노리는 것은 이 말을 알아듣고, 자신의 뜻에 동조해 줄 사람을 뽑아내는 것이었다.

"한 번 확인해 보죠."

끄덕.

현성의 말에 박 신부가 고개를 끄덕이며, 링크를 따라 접속하기 시작했다.

그러자 페이지 하나가 뜨고, 질문 문구 하나가 표시됐다.

[당신에게 남들과는 다른 특별한 힘이 있다고 생각하는가? Y/N]

YES와 NO 버튼은 클릭이 가능하게 되어 있었다.

NO를 누른다면 아마 질문은 여기서 끝이 날 것이다.

현성은 YES를 클릭했다.

그러자 다음 화면으로 전환됐다.

[단순한 망상이나 환상이 아닌 자각이 필요하다. 우리는 망

상에 사로잡힌 환자가 아니라 진정한 힘을 지닌 사람을 필요로 한다. 본인은 후자라고 생각하는가? Y/N]

클릭은 YES.
다음 화면이 이어졌다.

[당신의 힘을 수용하고 받아들이며, 공감해줄 수 있는 사람에게 능력을 보여줄 준비가 되었는가? 그럴 결심이 서지 않는 겁쟁이거나, 재미삼아 이 질문에 답하고 있는 장난질 종자라면 여기서 다음 단계로 넘어가는 그 시점부터… 어설픈 장난과 관심에 대한 대가를 치를 준비를 하는 게 좋을 것이다. 우린 한다면 한다. 이미 눈으로 보아왔던 것처럼 말이다. Y/N]

꽤나 위압적인 문구였다.
하지만 그간 보여준 모습이 있으니 허튼소리 같지 않았다.
아마 장난으로 여기까지 클릭해 온 사람이 있다면, 발걸음을 돌리기엔 충분한 위협이었다.
현성과 박 신부가 서로를 한 번 바라보았다.
그리고 고개를 끄덕였다.
두 사람은 조용히 YES 버튼을 눌렀다.
그러자 화면이 다시 바뀌더니 이내 약도와 함께 주소가 적힌 내용이 출력됐다.

[여기로 오면 당신을 맞이해 줄 사람을 만날 수 있을 것이다. 큰 기대를 갖고 기다리고 있겠다. 주변의 눈을 의식하지 않아도 되는 장소이니, 너무 신경 쓸 것은 없다. 날짜는 금주 토요일 저녁 9시.]

내용은 여기서 끝이 났다.

그제야 박 신부가 굳게 다물고 있던 입을 열었다.

"꽤나 체계적이군요. 구체적인 장소까지 제시하구요."

"한 번 위치를 살펴봐야겠어요. 생소한 주소인데."

읍면리 단위까지 내려가는 주소에 지명도 특이했다.

현성이 혹시나 하는 마음에 포털 사이트의 지도 찾기 서비스를 이용해 주소를 입력해 보았다.

그러자 지방의 어느 한 마을의 폐교된 분교가 나타났다.

인적이 꽤나 드물법한 외지(外地)였다.

"으음."

"주변의 눈을 의식하지 않게 편한 장소를 골랐다는 얘기 같은데… 저는 오히려 주최자 자신에게 편한 장소를 골랐다는 느낌이 드는데. 어떻게 생각하시나요?"

"평범한 장소가 아닌 건 확실하군요."

"웬만한 어중이떠중이들이 못오게 방지하는 효과도 있고. 한편으론 자신 역시 주변의 시선을 딱히 신경 쓸 필요가 없는 공간이기도 합니다. 저는 분명 무언가 흉수가 숨겨져 있을 것으로 봅니다."

애초부터 긍정적으로 보지 않았던 현성이었다.

분명히 흉악한 어떤 수가 숨겨져 있다.

현성은 확신할 수 있었다.

"왠지 다음 목적지가 정해진 것 같은데요?"

"신부님은 가실 필요 없습니다. 저 혼자 가보겠습니다. 상대는 뱀파이어도 아니고… 어떤 놈인지 가늠할 수 없으니까요."

현성이 박 신부를 막았다.

그의 실력이 부족하다거나, 짐이 될 것 같다고 생각해서는 아니었다.

걱정 때문이었다.

누군가를 아무렇지 않게 살해하고, 그 영상을 찍어 담담하게 올릴 수 있는 사람이라면.

어떤 짓을 벌일지 알 수 없었다.

블랙 네트워크에서는 악인을 심판한 정의로운 사람으로 칭송받고 있었지만, 현성은 생각은 달랐다.

이놈은 넷상에서 자신을 칭송하는 어중이떠중이들, 그러니까 평범한 사람에게는 관심이 없다.

이곳에서 쌓은 자신의 명성과 위치에 호감을 가질 '특별한 사람' 에게 관심이 있는 것이다.

현성은 장담할 수 없을 확률이긴 하지만 블랙 네트워크의 운영 주체, 가칭 '블랙'이 어쩌면 김양철과 연관된 인물일 수도 있겠다는 생각이 들었다.

김양철의 조력자였던 배후의 인물.

그리고 새로운 능력자들을 찾고 있는 블랙.

묘하게 닮은 구석이 있었다.

"지난번 뱀파이어와의 전투 당시에 현성 씨에게 받은 신세 정도는 갚게 해주셔야죠. 안 그렇습니까?"

"위험하다니까요."

"걱정 마세요. 죽을 것 같으면 순식간에 내빼버릴 테니. 내가 죽을 일은 없습니다. 오히려 현성 씨가 조심해야 할 텐데요. 후후."

현성의 걱정에 박 신부가 손사래를 쳤다.

이쯤하면 말려도 소용없다는 것이 느껴졌다.

박 신부가 걱정되어 가지 말라 한 것이지만, 사실 박 신부가 곁에 있어주면 든든한 것도 사실이었다.

"그럼 준비를 하죠. 토요일 8시면 아직 이틀이 남아 있으니. 저는 좀 더 자료를 수집해 보겠습니다. 혹시 우리와 같은 장소, 혹은 다른 장소에 비슷한 시간에 안내를 받은 사람도 없는지 찾아보고요."

"그렇게 하죠."

박 신부가 고개를 끄덕였다.

* * *

“하아. 하아. 오빠.”

“응?”

“오빠는 지칠 줄 모르는 사람 같아. 난 벌써 이렇게 녹초가 됐는데, 오빠는 숨도 편하게 쉬고 있잖아. 안 힘들어?”

“글쎄……? 수연이랑 나누는 사랑은 힘든 게 아니라 오히려 힘을 솟구치게 만드는 데 말이야.”

“히히, 그래? 이상하다……. 내 친구 남친들은 끝나면 침대에 대자로 뻗어서 코까지 골면서 잔다던데.”

“그거, 매너 없는 놈들이지 않냐. 남자 친구 할 자격이 없는 놈들이야.”

“맞아, 맞아, 그렇지? 그래서 난 오빠가 좋다니까. 매너 좋고, 상냥하고… 그리고 궁합도 잘 맞잖아? 겉이든 속이든? 아으, 부끄러!”

자정을 훌쩍 넘은 시간이 되어서야 현성은 수연을 만났다.

서로 너무나도 바쁜 탓에 코앞에 집을 두고도 만나기가 힘든 탓인지, 두 남녀는 서로를 보자마자 누가 먼저랄 것도 없이 타오른 불꽃에 격정적인 사랑을 나누었다.

깔끔한 모텔방 안에서 함께 껴안고 누워 있는 것도 나름 이채로운 경험이었다.

지금까지 보통 현성의 방에서 사랑을 나눠왔기에 특별한 경험이기도 했다.

"우리 요즘 정말 보기 힘드네."

"그러게."

"오빠도 바쁘구… 나도 동아리 일이 너무 많구. 그만둘까? 재미있긴 한데 오빠를 만날 시간이 너무 없잖아."

"아냐, 그럴 것 없어. 하고 싶은 걸 해야지. 그리고 난 아무것도 안하는 여자보다는 무언가에 열정적으로 빠져, 최선을 다하는 여자가 좋다. 그런 사람은 사랑하면서 동시에 존경도 할 수 있거든. 배울 수도 있고."

"그래도 괜찮아? 근데 나도 시간 만들어서 오빠랑 막 계속 같이 있고 싶고. 그렇단 말야."

"어차피 종강하게 되면, 그때는 아무리 동아리 일이 바빠도 여유가 생길 테니까. 그때 한 번에 몰아서 데이트든 여행이든 하자. 어때?"

"히… 그럴까? 그래도 아쉽다……. 요즘 오빠 목소리 듣기도 쉽지 않잖아. 오늘처럼 이렇게 밤늦게까지 짬을 내지 않으면 힘들기도 하구……."

"어차피 지금까지 만나온 시간보다 앞으로 만날 시간이 더 많을 텐데. 이리 와, 그런 생각 말고. 내 품에 안겨서 푹 잠이나 자."

"히히, 그래볼까나~!"

품에 안긴 수연은 현성의 말대로 몇 분 지나지 않아 곤한 잠에 빠졌다.

꽤나 피곤해 보이는 그녀였다.

현성은 수연을 품에 안은 채, 창밖으로 보이는 밤하늘을 바라보았다.

어느새인가 익숙해져 버린 두 개의 삶.

하나는 따뜻한 뚝배기 한 그릇이라는 찌개 전문점과 오인오색이라는 맛집을 관리하고 있는 CEO의 삶이었고.

다른 하나는 검은 복면을 쓴 채, 어둠을 누비며 악인들을 단죄하는 심판자의 삶이었다.

분리된 두 개의 삶은 평형추를 이룬 채, 서로를 간섭하지 않고 있었다.

하지만 시간이 흐를수록 현성은 마음 한 구석에서 스물스물 피어오르는 불안함을 지워낼 수 없었다.

이유는 바로 '적' 이었다.

지금까지 현성이 상대했던 적들은 문명의 삶과는 분리되어 있거나, 연계점이 적은 자들이었다.

식인 살인마라던가 뱀파이어들은 존재 자체로 이미 고립된 개체였다.

그리고 양철이파의 일원 역시 한 차례의 변화를 겪은 뒤, 자신들의 아지트에 숨어들어가 폐쇄적인 삶을 살다가 최후를 맞이한 것이었다.

하지만 이번에는 달랐다.

현성은 100% 확신하고 있었다.

직감이고, 냉정한 판단이었다.

블랙 네트워크의 주체인 '블랙'은 상당한 힘을 지닌 능력자일 가능성이 컸다.

현성이 상상하는 그 이상일 수도 있었다.

블랙은 자신의 목표를 추구하기 위해 불특정 다수의 사람이 쉽게 접근할 수 있는 블랙 네트워크라는 커뮤니티를 만들었다.

실제로 범죄자들을 단죄하는 모습도 보여주었고.

얼굴과 목소리를 제외하고는 가감 없이 세상에 자신의 실력을 보여주었다.

그것만으로도 과거 현성이 마주했던 적들의 폐쇄성과는 반대되는 것이다.

현성과 박 신부가 가장 경계했던 것.

평범한 사람의 탈을 쓴 채, 사람들 틈 사이에 숨어 있는 그런 존재일 가능성이 큰 것이다.

언제까지 복면 속에 모습을 숨기고 있을 수는 없었다.

자의든 타의든 현성의 모습을 드러내게 될 시기가 올 것이고.

물론 모습을 숨기고 있던 '적'의 정체도 드러날 때가 올 것이다.

현성이 걱정하는 것은 그 시기였다.

CEO로서의 자신과 심판자로서의 자신이 만들어놓은 경계가 무너지는 그 날.

가장 먼저 피해를 입게 될 것은 자신이 아닌, 자신의 곁에 있는 사람들이었다.

'적' 이 현성에게 원한이나 복수심을 갖게 된다면.

그 수가 악랄한 자라면.

현성 본인보다 주변의 사람들을 노릴 터.

그런 상황이 오는 것이 현성은 걱정되고 불안했다.

자신의 안전과는 별개의 문제였기 때문이다.

'난 강하다. 내 사람들을 지킬 힘은 있어. 불안해할 건 없다.'

현성은 스스로를 달랬다.

아직 벌어지지 않은 일을 애써 걱정할 필요는 없다.

벌어지지 않을 수도 있는 일이다.

"휘유우우— 휘유우우우—"

수연은 현성의 품에 안겨, 새근새근 어린 아기처럼 잠들어 있었다.

어느 때보다도 평온해 보이는 얼굴.

현성은 이 모습을 지켜주고 싶었다.

비단 수연뿐만이 아니라, 자신을 믿고 의지하고 따르는 모든 사람이라면… 절대 자신 때문에 피해보는 일이 없도록 하고 싶었다.

*　*　*

이틀의 시간은 빠르게 흘렀다.

그사이, 한 가지 사건이 발생했다.

대부분의 유저들이 이벤트 페이지라고 치부했던 게시판.

그 게시판을 통해 '블랙'에 대한 추적을 시작했던 조사팀 전원이 실종된 것이다.

조사팀이 실종된 그 날.

블랙 네트워크에는 블랙이 남긴 또 다른 글이 하나 올라왔다.

[그럴 결심이 서지 않는 겁쟁이거나, 재미삼아 이 질문에 답하고 있는 장난질 종자라면 여기서 다음 단계로 넘어가는 그 시점부터… 어설픈 장난과 관심에 대한 대가를 치를 준비를 하는 게 좋을 것이다.]

[위의 문구를 기억하는가? 나를 쫓던 그들은 내 의도와는 무관하게 접근한 자들이다. 지금 이 시간부터 나에 대한 추적이 다시 시작되고 있는 것이 확인된다면, 실종된 자들은 죽음으로 답을 하게 될 것이다. 분명 경고했으니, 허투루 받아들이지 말도록. 다만 순수한 의도로 내 뜻에 공감할 동료들의

합류는 언제든 환영한다.]

경고문과 함께 첨부된 영상에는 실종된 조사팀의 경찰관들의 영상이 담겨 있었다.

관련 뉴스를 찾아보니 조사팀들이 '블랙' 으로부터 안내받은 장소는 현성과 박 신부가 안내받은 장소와는 전혀 다른 곳이었다.

놈의 용의주도함이 엿보이는 부분이었다.

모두에게 통일 된 장소가 아닌, 각자 분리된 별도의 장소로 안내를 한 것이다.

거기에 걸려든 경찰들이 희생양이 된 것이고, 저렇게 영상 속의 모습처럼 갇혀 있었다.

강경한 '블랙' 의 모습에 반감을 가질 법도 했지만, 오히려 블랙 네트워크의 유저들은 환호했다.

능력자 앞에서 꼼짝 못하는 경찰들의 모습.

그리고 그들을 가볍게 제압하는 능력자의 모습은 지금껏 한 번도 보지 못했던 것이었다.

게시판마다 그를 칭송하는 글들로 도배가 되었고, 몇몇 유저들은 블랙의 '특별한 초대' 에 참여하는 사람의 신원을 궁금해 했다.

현성은 그쯤에서 누군가가 모습을 드러낼 수도 있겠다 생각했다.

내가 참여하니 다녀와서 글을 남겨보겠다… 라든가, 나도 이러이러한 힘이 있다… 같은 글이 한 두 개쯤은 올라오지 않을까 싶었던 것이다.

하지만 없었다.

평범하디 평범한 유저들의 추측 섞인 대화만 계속해서 이어질 뿐, 중요한 핵심은 없었다.

분위기가 이렇다 보니 역시나 능력자니 뭐니 하는 것들은 허무맹랑한 소리라는 의견들이 다시 주를 이루기 시작했다.

경찰들의 실종 사건도 어쩌면 경찰의 짜고 치는 고스톱일 수도 있을 것이란 추측까지 나왔다.

이런 식으로 범죄의 가능성이 다분한 자들을 유인해낸 뒤, 단번에 검거하려는 계획일 가능성이 있다는 추측이었다.

상당히 일리가 있는 추측이었기에 유저들의 여론은 순식간에 그 방향으로 흘러갔다.

자연스레 주의가 흐뜨러지고, 블랙에 대한 의구심도 풀려났다.

현재 상황은 이러했다.

유저들은 그저 오늘도 '블랙'이 자신의 글을 읽어주고, 그 사람을 심판해 주길 바랄 뿐이었다.

*　　*　　*

휘이이이이.

"음산하군요. 귀신이 나온다고 하면 바로 믿겠어요. 날씨까지 장단을 맞춰주니."

"현성 씨는 귀신이 있다고 생각하나요?"

"아직까지 본 적은 없습니다. 보면 믿을 것이고, 안 보면 볼 때까지는 안 믿을 겁니다."

"하하하하."

박 신부의 차를 타고 도착한 약속 장소는 도심에서 한참 떨어진 외지 중의 외지였다.

박 신부는 평범한 옷차림을 하고 있었다.

다만 평소와 얼굴이 달랐다.

검은 복면을 하고 나타난 현성처럼 자신의 본 모습을 은폐하고자 한 것이다.

어디서 구했는지 알 수 없는 모조 인피(人皮)를 두르고 있었는데, 박 신부가 직접 말해주지 않았더라면 그가 박 신부인지 알아채지 못할 정도로 전혀 다른 사람의 모습이었다.

"이렇게 보니 눈빛이 더욱 매섭군요. 왜 그 사람들이 단번에 겁을 먹었는지도 알 것 같습니다."

박 신부가 검은 복면을 두른 현성의 모습을 보며 말했다.

그 사람들은 바로 불법 다단계 판매회사 해피 앤 러브의 사람들을 말하는 것이다.

그들에 대한 공판은 여전히 진행 중이었는데, 지지부진이었다.

들리는 소문에 의하면 그간 긁어모은 돈으로 최고의 변호인단을 꾸렸다고 했다.

항간에서는 솜방망이 처벌로 끝날 가능성이 높다는 추측도 흘러나오고 있었다.

현성은 그쪽 상황도 예의주시하고 있었다.

아직까지는 법의 엄정한 심판이 내려지길 기다리고 있었지만.

그렇지 않을 경우에는… 자신이 생각한 다음 계획을 실행할 생각이었다.

"우선은 오는 길에 말을 맞춘 대로."

"그렇게 하죠."

현성의 말에 박 신부가 고개를 끄덕였다.

오는 길에 맞춘 말이란, 이상한 낌새가 느껴질 경우 즉각적으로 대응하자는 것이었다.

만약 서로 떨어져 있어 신호가 여의치 않을 경우에는 기침소리를 내는 식의 방법으로 교감을 하기로 했다.

확실히 하나가 아닌 둘이니 든든했다.

한편으로는 박 신부의 안전이 여전히 걱정되기도 했다.

상대가 어떤 실력을 가진 자인지 가늠할 수 없는 만큼, 만전을 기해야만 했다.

* * *

"……."

"……."

현성과 박 신부는 학교 안으로 향하는 정문 앞에서 기다리고 있었다.

안에는 길을 따라 촛불이 밝혀져 있었다.

문은 안쪽에서 굳게 잠겨져 있었는데, 때문에 현성과 박 신부는 문이 열리길 기다리고 있었다.

그렇게 기다리기를 5분 여.

시계로 정확히 8시가 되자, 어둠 속에서 한 여인이 모습을 드러냈다.

무릎까지 내려오는 수수한 베이지색 롱 원피스 차림에 플랫 슈즈.

딱히 특별할 것 없어 보이는 옷차림이었다.

다만 외모는 조금 달랐다.

다분히 색(色)기를 머금은 듯한 느낌이랄까.

눈빛 한 번을 교환했음에도 묘하게 홀리는 구석이 있었다.

"어서 오세요."

여인이 먼저 인사를 건넸다.

현성과 박 신부도 우선 그녀의 인사를 받았다.

"특이한 차림이시네요. 복면을 하신 분이라니… 크큭. 깜짝 놀랐어요. 자, 이쪽으로 오세요. 워낙에 보는 시선들이 많아서. 대화를 하기에 적당한 장소로 이동할 거예요. 괜찮다면 문은 다시 잠가도? 누군가가 또 들어오는 걸 원하지는 않거든요."

"그렇게 하시죠."

여인의 말에 현성이 고개를 끄덕였다.

그녀는 자연스레 문을 잠글 만한 이유를 제시했지만, 이미 현성과 박 신부는 서로 눈빛을 교환하고 있었다.

무언가 있다!

하지만 내색하지는 않았다.

"이렇게 어둡고 도심에서 떨어진 곳이면 무서우실 만도 한데, 괜찮으신가요?"

박 신부가 물었다.

그러자 여인이 두 사람을 안내하며, 대답했다.

"저 혼자만 있는 건 아니니까요. 든든하게 지켜주는 분이 계시니, 괜찮아요."

"지켜주는 분이라면……?"

"사람들이 블랙이라고 부르는, 바로 그분이죠."

"그렇군요. 그럼 혹시… 동료들은 많이 생겼나요?"

"물론이죠! 사이트에 남겼던 글은 허튼 소리가 아니에요. 그중에서 불순한 의도를 가지고 접근한 사람들은 잘라낸 거죠. 저희는 저희만의 목표와 뜻이 있어요. 특별한 힘도 있구요. 사람들은 아직 모르겠지만… 세상은 우리의 힘으로 바뀔 거예요. 충분히 그럴 수 있구요."

"그렇군요. 저와 이 친구도 그 대열에 동참할 수 있게 되길 바랍니다."

박 신부가 능청스럽게 말을 이었다.

여인은 대답 대신 눈웃음으로 답을 하고는 다시 부지런히 움직였다.

겉으로 보기에는 2층 밖에 되지 않는 분교 건물인데, 막상 들어와 보니 지하층이 있었다.

내려가는 길목은 촛불로 밝혀져 있었는데, 가면 갈수록 점점 어두워져 갔다.

"조금만 더 가시면 돼요. 어두운 부분은 양해해주세요. 이런 대화는 은밀하게 진행이 되어야 한다는 게 그분의 생각이시라……."

"이해합니다."

현성이 여인의 말에 맞장구를 쳐주었다.

그리고 모든 신경을 주변의 상황에 집중시켰다.

호랑이 굴에 들어와야 호랑이를 잡을 수 있다고 하던가.

어느 정도의 위험은 각오하고 들어온 호랑이 굴이었다.

똑똑.

이윽고 도착한 지하의 어느 문 앞에서.

여인이 노크를 했다.

"들어갑니다. 두 분이 오셨어요."

드르륵.

이내 문이 열렸다.

안으로 들어서니 방 한쪽 끝에 놓인 탁자에 한 남자가 앉아 있었다.

그는 독서 삼매경에 빠진 것처럼, 손님이 왔음에도 책장을 여러 번 넘기고 있었다.

"차를 내올게요. 잠시만 기다리세요."

"잠깐! 혹시 여기 화장실이 어딘가요? 급하게 오느라 화장실을 안 들렀더니……."

"화장실은 1층으로 올라가 보시면 됩니다."

"그럼 나는 잠시!"

박 신부가 능청스레 현성에게서 떨어져 나왔다.

미리 맞춰둔 움직임이었다.

두 사람이 한 곳에 있는 것이 더 위험하다는 판단에서였다.

이윽고 적막이 감돌고.

현성은 여전히 묵묵히 책장을 넘기고 있는 남자에게로 다가갔다.

이 사람이 '블랙'인 걸까?

"반갑습니다."

"……."

현성이 먼저 인사를 건넸다.

하지만 상대는 답이 없었다.

현성을 신경조차 쓰지 않고 있는 눈치였다.

"……."

천천히 그에게로 다가갔다.

현성은 만약을 대비해 마나의 흐름을 최대한으로 끌어올렸다.

그리고 묵묵히 책장을 넘기고 있는 남자의 앞에 섰다.

"왜 답이 없으십니까?"

마지막 질문.

역시나 그는 대답하지 않았다.

'설마……?'

불현듯 스쳐지나간 생각.

"블링크!"

현성이 블링크 마법을 전개했다.

순식간에 남자의 뒤로 이동한 현성은 눈앞에 보이는 의외의 광경에 조우하고, 놀란 표정을 지었다.

"…없어?"

현성이 목격한 것은 반쯤 갈라져 있는 뒤통수와 목, 등이었다.

여전히 남자는 책장을 묵묵히 넘기고만 있었다.

뒤에서 보이는 모습은 사람의 것이 아니었다.

마치 밀랍 인형이나 봉제 인형 같았다.

현성이 손을 뻗어 남자의 뒤통수 한가운데 나 있는 상처를 벌려보니, 그 안에서 솜털 같은 것이 흘러 나왔다.

사람이 아니었던 것이다.

누군가에 의해 조종당한 꼭두각시였다.

쿵쿵쿵쿵! 우당탕탕!

동시에 여기저기서 어지러이 소리가 터져 나왔다.

굳게 닫혀 있던 철문이 열리고, 자물쇠로 잠겨져 있던 창고 문들이 열렸다.

그리고 모습을 드러낸 것은.

"……!"

바로 죽은 줄 알았던 김양철과 그 일파들이었다.

* * *

전투가 시작됐다.

지금 이 상황에서는 블링크나 텔레포트 마법으로 밖으로 빠져나가는 것은 불가능했다.

지하였기 때문이다.

타앙—! 타앙—!

멀리서 박 신부의 총소리도 들려왔다.

저쪽도 비슷하게 전투가 시작된 모양이었다.

후웅! 후웅!

어둠 속에서 모습을 드러낸 적들은 저마다 쇠방망이라든가 도끼, 날선 칼들을 들고 현성에게 몰려들고 있었다.

그들은 사람이 아니었다.

사람의 모습을 한 인형 같았다.

김양철의 모습을 하고 있는 놈 역시 마찬가지였다.

초점 없이, 누군가에 의해 조종되고 있는 것처럼 현성에게 달려들기만 했다.

소리도 내지 않았다.

그들에게서 나는 소리라고는 움직이거나 달려들 때 나는 발소리와 바람 소리가 전부였다.

"이그나이트!"

화르르르르르륵!

현성이 이그나이트 마법을 전개했다.

그러자 현성에게 몰려들던 네 명의 인원이 순식간에 활활 타오르는 불길로 변해버렸다.

효과는 만점이었다.

쿠웅! 쿠우우웅!

불길에 힘없이 쓰러져가는 자들.

타오르는 불길에 벌어진 상처에서는 피가 아닌 흙이나 솜털 같은 괴상망측한 것이 흘러나왔다.

도대체 이것들은 무엇일까.

현성은 싸우면서도 의문을 가질 수밖에 없었다.

꾸욱!

"아앗!"

바로 그때.

현성이 잠깐 정면의 적들에게 시선을 빼앗긴 찰나.

불길에 타올라 숨이 끊어진 줄 알았던 시체 하나가 현성의 발목을 붙잡았다.

내려보니 이미 가슴 아래로는 불에 타버리고 없는 머리와 팔만 남은 놈이었다.

"젠장!"

정상적인 '사람' 이었다면 움직일 힘조차 없이 숨통이 끊어졌을 상황이지만…….

놈은 현성의 두 발을 온 힘을 다해 붙잡았다.

그리고.

쿵! 쿵! 쿵!

뻐어억!

"크억!"

저 멀리서 한달음에 날아온 떡대 하나가 현성의 얼굴 정면을 주먹으로 강타했다.

순간 정신을 잃어버린 것 같을 정도로 강력한 일격이었다.

"매직 미사일!"

파사삭! 파삭!

그 와중에도 현성은 집중력을 잃지 않고, 무게 중심이 뒤로 쏠리는 가운데서도 일격을 가했다.

순식간에 두 명이 사라졌다.

하지만 산 넘어 산이었다.

놈들은 팔다리가 잘려 나가도, 심지어는 허리가 반으로 잘려 나가도 움직였다.

누군가의 손에 움직이는 인형 같았다.

머리나 몸통이 통째로 날아갔을 때만, 비로소 움직임을 멈췄던 것이다.

현성은 매직 미사일과 애시드 미사일을 번갈아 시전하며, 하나하나 각개격파를 노렸다.

현성의 발목을 붙잡고 있던 놈은 수직으로 내리친 매직 미사일의 일격에 머리가 펑 하고 터져서는 그제야 움직임을 멈췄다.

쿵쾅쿵쾅!

꽤 많은 인원을 처리했다고 생각했는데.

또다시 복도 쪽에서 새로운 정체들이 모습을 드러냈다.

이번에는 더 괴기스러웠다.

사람의 몸에 미술실의 석고상 두상을 갖다 붙인… 정상적인 방법으로는 존재할 수도 없는 실체였다.

정체불명의 존재들과 전투는 계속됐다.

한바탕 전투를 치르고 나자, 현성은 자신이 상대했던 모든 것들이 '생명체'가 아니라는 것을 확인할 수 있었다.

모두가… 쉽게 말해 인형이었다.

힘만 잔뜩 뺀 전투였다.

현성의 얼굴 여기저기에는 멍이 들어 있었다.

차라리 사람이었다면 목숨이 끊어지는 순간 끝났을 전투였다.

하지만 놈들은 조금이라도 움직일 만한 거리가 남아 있는 것이라면, 사지가 잘려나가도 몸을 비틀거리며 기어와 발목이나 발끝을 물어뜯으려고 할 정도로 질긴 생존력을 가지고 있었다.

어깨나 가슴, 옆구리에서도 피가 흘러내리고 있었다.

수십이 넘는 인형들 사이에 섞여 전투를 치르다가 생긴 상처였다.

고통을 느낄 줄도 모르고 이에 대한 반응이 없으니, 목이 날아가고 손발이 날아가도 놈들은 무조건 달려들었다.

현성이 지금까지 겪어본 전투와는 전혀 다른 양상이었다.

"후우. 후우."

"괜찮습니까? 후우. 이놈들… 후우……."

지하실에서 1층으로 향하는 통로에서 현성과 합류한 박 신부의 모습도 좋아보이진 않았다.

왼쪽 어깨 언저리에 난 깊은 자상(刺傷)이 이를 증명해 주고 있었다.

"아무래도 그 여자가."

"그런 것 같습니다."

정체를 감춰버린 여인.

현성과 박 신부는 동시에 고개를 끄덕였다.

그렇다면 그녀가 '블랙' 이었던 걸까?

현성이 모든 정신을 집중해 감지 가능한 범위까지 탐지를 해보려 했지만, 더 이상 이곳에서 느껴지는 기운은 없었다.

자신과 박 신부, 그리고 동력을 잃고 바닥에 널브러져 있는 수십 개의 인형뿐이었다.

"일단 철수하는 게 좋을 것 같습니다. 충분히 교감은 한 것 같군요."

현성이 이마를 타고 흘러내리는 땀과 핏물을 닦아냈다.

한바탕 전투를 치르고 난 후였지만.

결과적으로 자신과 박 신부만 힘을 뺀 셈이었다.

이미 상대가 자리를 뜬 마당에 자리를 지키는 것도 무의미했다.

이 보 전진을 위한 일 보 후퇴였다.

"차는 타지 않는 게 좋겠군요. 도보로 이동하죠."

"괜찮으시겠습니까?"

"상관없습니다. 비유해 두자면 대포차 정도라고 해두지요. 애초에 적이 없는 차입니다, 이동하죠. 이런 함정을 파놨다면, 이 차로 이동하는 것도 위험합니다."

"치료는 우선 이곳을 벗어난 뒤에."

"버틸 만하니 걱정 마십시오."

현성의 말에 박 신부가 동의했다.

두 사람은 빠르게 현장을 빠져나왔다.

*　　*　　*

"예상은 했지만."

"처음부터 이런 상황을 예상하고 들어온 게 아니라면 저렇게 신속하게 대처할 수 없어요. 재밌는데요, 흘러가는 상황이."

"소득은?"

"다섯."

"적당하군."

"아쉽게도 그 두 사람은 놓쳤어요. 몇몇 쓸 만한 영상은 확보했지만. 한번 보겠어요?"

"그러지."

두 사람 밖에 없는 조용한 방 안에서.

남녀가 이야기를 나누고 있었다.

여인은 바로 현성과 박 신부를 안내했던 베이지색 롱 원피스의 여인이었다.

그리고 그 여자의 옆에서 함께 대화를 나누고 있는 남자는…….

"당신은 정말 짓궂은 사람이에요. 영상 속의 주인공, 그 유명한 '블랙'이 바로 신정우 당신이라는 걸 누가 알겠어요?"

"그래서 더 재밌는 것 아닌가? 바로 조형사인 당신처럼."

"그러니까요, 호호호호."

바로 신정우였다.

김양철의 조력자였던 남자.

현성의 아버지를 죽음에 이르게 만들었던 남자.

그리고 이번 일을 계획한 남자였다.

여인의 이름은 김성희.

그녀는 조형사였다.

생명이 없는 조형물, 조각물에 조종 능력을 부여하여 자신의 마음대로 움직일 수 있는 여자.

그녀는 대상이 목숨을 잃은 개체라 할지라도 남아 있는 육체적인 능력을 이용하여 조종할 수 있었다.

방법은 간단했다.

생명력을 가지고 있는 개체일 경우 마취나 최면에 걸어놓은 상태에서 뇌의 일부를 제거하고, 자신의 명령에 따라 움직이는 꼭두각시로 만들었다.

그렇지 않다면 몸속에 조종을 위한 몇 가지 장치를 심어둔 뒤, 손가락 인형처럼 부릴 수 있었던 것이다.

그녀는 신성우의 곁에 있는 몇몇 능력자 중 하나였다.

김양철은 신정우의 전부가 아닌, 일부분이었을 뿐이다.

그래서 신정우는 김양철의 죽음을 딱히 안타까워하지는 않았다.

다만 나름 요긴하게 써먹었던 장기말이 사라졌으니 그게 아쉬울 뿐이었다.

"아주 특이하군. 특이해."

"이 사람이 우리의 협력자가 되지 못했다는 사실이 아쉽기는 하네요."

"아니, 너무 일방적이어서는 재미없지. 대항마 정도는 있어야 재밌지 않겠어? 그리고 봐. 한 놈은 자신의 모습을 숨겼고, 한 놈은 원래 얼굴이 아냐. 저건 누가 봐도 의도적으로 만든 가짜 얼굴이지."

"맞아요."

"검은 복면, 당신도 익숙하지 않아?"

"아아! 그러고 보니……."

신정우의 말에 김성희가 맞장구를 쳤다.

그녀도 알고 있었다.

신정우가 줄곧 비아냥거리며 말하던 검은 복면의 사내.

대수롭지 않게 생각해서 잊어버렸었는데.

지금 생각해 보니 바로 이 남자가 그 남자였던 것이다.

영상 속의 남자는 현란하게 움직이고 있었다.

눈 깜짝할 사이에 상당한 거리를 이동하기도 했고, 자신에게 달려드는 인형을 동시에 불태워 버리기도 했다.

화질 좋은 카메라들을 여럿 설치해 두었지만 검은 복면의 남자가 만들어낸 불길과 이로 발생한 연기에 의해 화면이 밝지는 않았다.

하지만 능력을 보기엔 충분했다.

복면의 남자는 '마법'이라는 말이 어울리는 다양한 기술들을 구사하고 있었다.

그리고 다른 한 명의 남자는 상당히 빠른 몸놀림으로 지하를 누비며, 자신이 준비해 온 총과 지하실에 놓여 있던 도구들을 이용해 효과적으로 인형들을 공략했다.

"가장 큰 타깃을 놓친 건 아쉽지만… 소득은 나쁘지 않으니, 괜찮지 않아요?"

"나머지 다섯은 어떻지?"

"이미 끝났어요. 당신의 말이라면 무슨 말이든 들을 거예요. 그렇지 않으면 죽을 테니. 호호."

신정우의 말에 김성희가 웃으며 답했다.

다섯의 희생자.

그들은 현성과 박 신부처럼 안내를 받고 찾아온 자들이었다.

저마다 이런저런 사연을 갖고 능력을 갖게 된 사람들.

하지만 그들의 운명은 안타깝게도 좋지 못했다.

목숨을 잃은 것은 아니었지만, 자신이 누군지조차 자각할 수 없는 존재가 되어버렸다.

그 대신 김성희의 명령이 떨어지면 그대로 충실하게 수행하는… 꼭두각시가 되어버린 것이다.

"곧 만날 날이 다시 올 것 같군. 적어도 서로가 어떤 존재인지는 깨우쳤으니 말이야."

"그러게요. 내 얼굴은 확실히 기억을 했겠죠?"

"후후, 걱정하지 마. 내가 있는 한, 그놈들은 당신에게 손끝 하나 댈 수 없어. 아니… 손끝이라도 대려고 한다면 그것도 나쁘진 않겠지. 마냥 기다리기만 하는 것도 재밌는 일은 아니니까 말이야. 후후."

"당신은 참 짓궂은 사람이에요. 앞으로도 더 많은 사람들을 모을 건가요?"

"그래야지. 세상을 내 발밑 아래에 두려면, 지금으론 부족하지 않겠어? 돈은 아쉬울 것 없지만 말이야."

"호호호호, 그래요. 자, 너희들은 이제 나가있는 게 어때?"

휘이익!

김성희가 문 앞을 지키고 있던 네 개의 청동 인상을 향해 손짓하자, 곧은 자세로 멈춰 있던 청동상들이 일제히 움직이며 문을 열고 밖으로 향했다.

둘만 남은 넓은 방 안.

김성희가 입고 있던 원피스를 훌훌 벗어던졌다.

그러자 매끄러운 우윳빛의 나신이 드러났다.

"오늘은 안에다 해도 괜찮은 날인데. 어때요? 아무것도 안 끼고 자연 그대로의 느낌을 경험해 보는 건?"

"새삼스럽게… 까짓것 애 배면 낳으면 되는 거고."

"나와 결혼이라도 해줄 건가요?"

"결혼이라… 하면 되지."

"으으흡—!"

쪽쪽—

츄르릅— 츄릅—

어느새 상하의를 벗어던진 신정우가 탐욕스럽게 김성희의 가슴과 엉덩이를 주무르며 그녀를 탐하고 있었다.

가까운 김성희조차도 그 깊이를 알 수 없는 힘과 능력을 지닌 신정우.

그리고 자신의 의지대로 꼭두각시를 만들고, 움직이는 힘을 가지게 된 조형사 김성희.

두 사람은 그렇게 둘이 아닌 하나로, 점점 깊은 관계로 발전해 가고 있었다.

블랙 네트워크는 바로 이 두 남녀의 합작품이었던 것이다.

6장

내가 원치 않았던 삶

—보통 조형사라고 부르지. 의미가 완벽하게 일치한다고 할 수는 없겠지만, 거의 비슷하니까.

"스승님이 살고 계신 곳에도 비슷한 사람이 있습니까?"

—그런 부류도 있고, 비슷한 부류도 있고. 이를테면 사령술사라던가 말이다.

"보통 능력은 아니군요."

—단순히 조종하는 차원을 벗어나, 상당한 멀티태스킹을 필요로 한다. 어떤 정해진 명령을 수행하는 것이 아니라, 그때의 상황에 알맞게 대응을 해야 하기 때문이지. 생체가 조종을 당하고 있다면 어느 정도의 융통성을 발휘해 회피

하는 등의 행동을 취할 수는 있지만, 이미 사체(死體)가 된 것들을 움직이게 하는 것은 전적으로 조형사 본인의 몫이다.

"음… 스승님도 보셨다면 아실 겁니다. 놈들은 그저 모습을 베낀 인형에 불과했습니다. 그럼에도 불구하고 끈질기게 살아 움직였구요."

—보통 능력이라 할 수는 없을 것이다. 이미 생체, 사체 가릴 것 없이 자신의 마음대로 컨트롤할 수 있는 사람이란 얘기지. 더 나아가 그것들을 원활히 조종할 수 있도록 사전 작업을 돕는 누군가가 있을 수도 있다.

"사전 작업이라 하시면, 살아 있는 뇌라든가… 사체나 인형들이 움직이도록 만드는 핵(核) 같은 것을 말씀하는 것입니까?"

—그렇지. 결코 쉬운 일이 아니다. 정교한 작업을 필요로 해. 혼자서 했다고 보기엔 그 수가 많았다. 분명 도움을 주는 사람이 있을 것이다.

집으로 돌아온 현성은 자르만과 대화를 나누었다.

박 신부는 그 길로 자신의 거처로 돌아가, 별도의 정보 네트워크를 이용해 이번 사건에 대한 정보를 조사해 보겠다고 했다.

현성이 찾은 것은 스승 자르만이었다.

그라면 이 여자의 정체에 대해 어느 정도 짐작가는 바가 있지 않을까 싶었던 것이다.

"전혀 새로운 경험이었습니다. 이건… 매우 충격적인 일이기도 합니다. 자기 자신이 특별해지는 것이 아닌… 다른 무언가를 특별하게 만들어 움직이는 사람이라니."

현성은 고개를 저었다.

조형사라는 이름도 흔하게 들을 수 있는 이름은 아니었다.

이번 일로 확실해진 것이 있다면, 결국 그 여인도 '블랙'은 아니라는 것이었다.

영상 속의 '블랙'은 현란한 검술을 이용해 대상자들을 도륙했다.

만약 그녀가 '블랙'이었다면, 영상 속의 주인공은 검술보다는 인형이나 조종 가능한 생체를 이용해 죽이는 방법을 선택했을 것이다.

혹은 반대로 현성과 박 신부를 공격할 때, 직접 검술로 응수했을 것이다.

현성은 조력자가 있을 것이라는 자르만의 말에 공감했다.

하지만 그가 누구인지는 결국 알지 못했다.

파악한 것은 그녀의 얼굴이었지만.

그 얼굴이 진짜라고는 장담할 수 없었다.

자신의 뜻대로 인형을 부리고, 그 모습을 만드는 사람이다.

얼굴 하나쯤은 누군가의 모습을 베껴 만드는 것도 어렵지 않을 터다.

실제로 박 신부도 그리 하지 않았던가?

첩첩산중(疊疊山中)이었다.

궁금증을 해결하기 위해, 그 뒤에 숨겨진 뿌리를 찾기 위한 발걸음이었지만.

오히려 더 많은 궁금증을 안고 돌아온 꼴이었다.

현성은 이번 전투로 인해 자신의 능력 일부를 상대가 알아차렸을 가능성도 염두에 두었다.

결과적으로 가위바위보 싸움에서 한 판을 지고 들어간 듯한… 그런 느낌이었다.

"스승님. 혹시 괜찮으시다면 더 자세한 자료를 얻을 수 있을까요?"

— 조형사나 사령술사에 대한 기록들 말이냐?

"예, 그렇습니다. 대비를 해두어야 할 것 같습니다. 어쨌든 능력에서 유사한 점이 많지 않습니까. 그렇다면 크게 다를 건 없을 겁니다."

— 알았다, 그리 하마. 준비되는 대로 말해주마.

"예, 감사합니다. 스승님."

현성이 감사의 인사를 전했다.

그리고는 방 안의 침대에 조용히 누웠다.

두 눈을 감고, 당시의 전투를 복기했다.

이번 전투는 여러 가지로 빈틈을 많이 보인 전투였다.

지금까지의 전투는 보통 현성이 공격을 가하면 상대가 방어 자세를 취하거나, 이를 막아내지 못해 나가떨어지거나.

그런 식의 형태로 전투가 진행되었기 때문에 다음 공격으로 이어갈 여유가 충분히 있었다.

상대의 빈틈을 노릴 공간도 많았다.

하나 이번에는 달랐다.

상대는 오로지 주어진 명령에 맞게 움직이는 꼭두각시들이었고, 고통이나 두려움 따위는 느낄 수조차 없는 것 같았다.

때문에 현성이 맹공을 퍼부어도 물러서지 않았다.

팔다리가 잘려나가고 목이 없어져도 동력만 충분한다면, 어떻게든 끈질기게 달라붙어 현성을 괴롭혔다.

그 바람에 팔다리를 붙잡히고, 움직임이 꼬이면서 일격을 여러 차례 허용하고 말았다.

돌아오는 내내 자신과 박 신부에게 계속해서 힐링 마법을 전개하지 않았다면, 지금쯤 침대에 뻗어 녹초가 되어 있었을 터였다.

띠리링.

그때, 핸드폰의 짤막한 벨소리가 울리고 문자 하나가 도착했다.

—현성 씨, 정유미예요. 내일 퇴근 이후에 알죠? 이번에 오인오색 사업이 순항하고 있잖아요. 이에 대해서 향후 현성 씨의 운영 계획이나 매장 내 달인들의 반응을 인터뷰 내용으로 할 거예요. 매번 귀에 못이 박히도록 하는 말이지만, 알죠? 난 보고 들은 대로만 전한다는 거. 다른 건 걱정 말아요.

—알고 있어요. 약속대로 내일 밤에 보죠.

현성이 답장을 보냈다.

그녀의 말대로 오인오색 사업은 순항 중이었다.

인터뷰 시기는 적절했다.

바쁘게 하루하루를 보내며 구슬땀을 흘리고 있는 달인들에게 다시 한 번 힘을 실어주고, 한 번 더 오인오색의 이름을 알릴 절호의 기회였던 것이다.

* * *

"저 사람인거 같아. 여자 친구, 저 사람일 거야."

인적이 드문 골목길 한 구석에서.

한 여인이 정유미를 바라보고 있었다.

정유미는 누군가와 문자를 주고받고 있었다.

그리고는 만족스런 미소를 머금은 채, 자신의 집으로 향하고 있었다.

정유미를 지켜보고 있는 시선의 주인공은…….

바로 지난번 동굴에서 나와 있던 탓에 동류들의 죽음 사이에서 목숨을 건진 여인이었다.

차예련.

이제는 뱀파이어가 되어버린 그녀의 원래 이름이었다.

때마침 산책을 나와 있던 덕분에 목숨을 건진 그녀는 그 길로 산을 빠져나와 도심 외곽의 어느 폐공사장에 자리를 잡았다.

평생 해본 적도 없는 노숙(露宿)을 하고 있었다.

식사는 필요 없었다.

그녀에게 필요한 것은 생기를 머금은 피.

궁여지책으로 계속 물만 마셔보기도 하고, 밥이든 뭐든 닥치는 대로 먹어보기도 했지만 소용없었다.

피에 대한 갈망은 그칠 줄을 몰랐다.

하지만 살인은 하고 싶지 않았다.

최후의 보루로도 생각해본 적 없는 수단이었다.

자신이 살기 위해 남을 죽인다는 건, 생각만 해도 끔찍한 일이었다.

어느 누구 하나 알아주지 않는 자신만의 외로운 고행이었다.

그녀는 초인적인 힘을 발휘하여 버티고, 또 버티고 있었다.

하지만 중간에 고비가 찾아왔다.

혀끝부터 식도 깊숙한 곳까지 다 타 들어가 말라버릴 것만 같은 극심한 통증이 느껴졌다.

몸과 머리, 이성과 감성은 모두 피를 갈망하고 있었다.

그러던 와중에 우연히 목격하게 된 교통사고 현장.

이미 사고를 낸 당사자는 뺑소니범이 된 상태였고, 현장에는 막 신고를 받은 경찰과 구급대원들이 도착하기 전이었다.

그 참혹한 현장에 이제 막 숨이 끊어진 피해자가 있었다.

"……."

기억하고 싶지 않은 과거였다.

자동차 바퀴에 뭉개져 버린 피해자의 머리에서는 뇌수와 피가 쏟아져 나오고 있었다.

그녀는 참을 수 없는 흡혈의 욕구를 거기서 달랬다.

생각하고 기억하는 것만으로도 헛구역질이 나올 것만 같은 참담한 기억.

어쩔 수 없는 선택이었다.

그렇게 한 차례의 고비를 넘기고, 그녀는 또다시 기약 없는 버팀을 힘겹게 이어가는 중이었다.

이 빌어먹을 저주를 해결할 방법이 없었다.

자신들과 '동류'라며 으스대던 자들은 모두 동굴에서 죽었다.

그리고 그들도 자신들이 어떻게 해야만 정상인의 삶으로 돌아갈 수 있을지 해답을 가지고 있지 못했다.

그때 오고간 대화에 따르면, 방법이 있기는 하지만 공유되지 않고 있다고 했다.

이유는 간단했다.

이미 벗어날 수 없는 뱀파이어의 굴레에 빠진 자들이 동류의 증가를 바라면 바랐지, 원래의 정상적인 삶으로 돌아가길 바라지 않는다는 것이었다.

그들은 놀부 심보라고 말했다.

하지만 그렇게 푸념을 해봤자 방법을 알 수 있는 것은 아니었다.

그녀, 차예련은 다른 데서 해법을 찾아보고자 했다.

그것이 바로 현성과 '헌터' 박 신부였다.

뱀파이어 사냥꾼, 그리고 매우 특별한 능력을 지닌 남자의 도움을 받을 수 있다면…….

원래대로 돌아갈 수 있지 않을까?

그녀가 마지막으로 붙들고 있는 실낱같은 희망이었다.

그리고… 눈앞의 여인은 바로 현성의 여자 친구로 추정되는 여인이었다.

차예련은 좋지 않은 방법임을 알면서도, 그녀를 이용해 현성과 박 신부의 도움을 받아볼 생각이었다.

몇 마디의 애절한 말과 부탁으로는 통하지 않을 것 같았다.

이미 자신의 동류들을 일거에 제거한 전력이 있는 마당에 그녀 자신이라고 예외가 될 것 같진 않았기 때문이다.

차예련은 조용히 정유미의 뒤를 밟았다.

은밀히 뒤를 쫓는 사람이 있다는 것을 정유미는 알지 못했다.

집으로 가는 내내, 스산한 느낌에 뒤를 돌아볼 법도 하련만.

바쁜 하루 일과를 마무리하고 퇴근한 탓인지 그녀는 연신 눈을 비비고 하품을 하며, 지친 기색으로 집으로 들어가 잠을 취할 뿐이었다.

"……."

파악은 끝났다.

차예련은 정유미의 동선을 모두 파악했다.

현성과 확실한 연결점이 있는 것도 확인했다.

오인오색 매장의 오픈 당시 자리를 지켰던 것부터 해서, 현성과 퇴근 후에 만나는 것까지.

여자 친구가 아니고서는 보통 하기 힘든 일이리라.

차예련은 그렇게 확신하고 있었다.

* * *

"이상한데."

현성이 시계를 보았다.

10시 30분.

폐점하고도 30분이 지난 시간이었다.

정유미는 시간관념이 철저한 사람이었다.

매번 인터뷰 약속이나 개인적인 약속이 있을 때도, 항상 5분 전에 도착해 현성을 기다렸다.

단 한 번도 늦은 적이 없던 그녀가 30분 째 연락이 없었다.

약속 장소에도 오지 않은 것이다.

전화를 해도 받지 않는 그녀.

현성은 우선 다시 매장으로 돌아와 그녀의 연락을 기다리고 있었다.

마냥 기다리기만 할 수는 없으니 1시간을 채우면 집으로 돌아갈 생각이었다.

그렇게 흐른 시간이 약 10분 여.

정유미에게서 전화가 왔다.

"여보세요?"

"……."

"유미 씨, 어디죠? 무슨 일이 있으면 얘기해도 괜찮아요. 약속 일정이야 다시 바꾸면 되니까."

"……."

"유미 씨?"

수화기 너머의 정유미는 달리 말이 없었다.

현성은 통화의 질이 좋지 않아 그런 건가 싶어 살펴봤지만 그런 것도 아니었다.

"안녕… 하세요."

그때.

수화기 너머의 목소리가 들려왔다.

목소리의 주인공은 정유미가 아니었다.

"당신은 누구죠?"

"저… 저예요."

"유미 씨를 바꿔주세요. 할 이야기가 있거든요."

목소리의 주인공은 떨리는 목소리로 말을 잇고 있었다.

좋지 않은 느낌.

하지만 현성은 차분하게 말을 받았다.

"안 돼요."

"유미 씨에게 무슨 일이 있나요? 동생분이신가요? 아니면 언니?"

"…유미 씨는 제가 데리고 있어요. 그리고 당신, 그러니까 현성 씨는… 날 도와줘야만 해요. 그렇지 않으면 이 사람… 안전할 수 없을 거예요."

시종일관 떨리는 목소리를 내면서도, 목소리 속의 여인은 자신이 하고자 하는 이야기를 전달하고 있었다.

현성은 어렵지 않게 짐작할 수 있었다.

정유미가 위험에 빠진 것이다.

그녀가 장난기가 많기는 했어도, 이런 식으로 사람 가슴 철렁하게 만드는 장난을 치는 사람은 아니었다.

스스로도 그런 장난을 싫어한다고 몇 번이고 강조했던 사람이었다.

"당신, 누구지?"

현성이 물었다.

그러자 바로 대답이 들려왔다.

"…폐점할 때쯤 찾아가 당근에 소주 한 병 마시던 여자… 기억하나요?"

당연히 기억하고 있었다.

워낙에 특이했던 옷차림이기도 했고, 방문했던 시간이나 행동이 독특해서 첫 만남에 기억이 남아버린 손님이었다.

"기억하고 있습니다."

"제가 바로 그 사람이에요."

"그런데 왜? 당신이 유미 씨를 데리고 있고, 또 당신을 도와주지 않으면 유미 씨가 안전할 수 없는 거죠? 그녀의 돈을 바라는 겁니까? 아니면……?"

"하… 나는 당신의 도움이 필요해요. 나를 꼭 도와줄 수 있으면 좋겠어요. 그러면 정유미 씨도 안전할 수 있을 거예요. 하지만 당신이 날 무시하거나 도와주려 하지 않는다면."

"않는다면?"

"난 아무런 희망도 없어요. 마지막으로 붙잡고 있는 이 고통과 인내의 끈을 놓아버릴지도 몰라요."

첫 대화의 시작을 떨리는 목소리로 열었던 그녀는 현성과 대화를 나누며 냉정함을 찾은 듯, 또렷한 목소리로 말을 이어가고 있었다.

"유미 씨는?"

"지금 잠들어 있어요. 어떤 해코지도 하지 않았어요. 시간이 지나면 알아서 눈을 뜨게 될 거예요. 하지만 그때까지 나에게 어떤 진전도 없다면, 이 사람은 눈을 뜨기 전에 죽을 거예요. 나만 이렇게 죽을 수는 없으니까."

"어디에 있죠? 이런 대화는 무의미해요. 직접 이야기를 해야 내가 당신을 도울 수 있지 않겠어요? 그리고 나 역시 유미 씨의 안전을 확인해야만 합니다. 그 사람은 아무런 죄 없는 사람이에요. 나를 대신해서 고통받을 사람이 아닙니다."

현성은 적당한 균형을 유지하며 그녀와 대화를 이었다.

대화의 주도권은 언뜻 보면 정유미를 손에 쥔 그녀에게 있는 듯 보였지만, 사실은 자신에게 있었다.

그녀는 자신의 도움을 바라고 있다.

다만 자신이 무조건 도와주지 않을 것이라 생각하기에 정유미를 볼모로 데리고 있는 것이다.

"내가 당신을 어떻게 믿을 수 있죠?"

"그때의 대화들, 모두 진솔했던 대화들 아닌가요? 적어도 그렇게 생각했는데요."

"난 봤어요. 당신이 내 동료, 아니 동료라고 말하던 사람들을 죽였죠. 그날, 헌터와 나타나서 동굴 속에 있던 9명의 뱀파이어를 죽였잖아요. 나는 그 광경을 보았어요. 나라고 그 꼴이 나지 않으란 법은 없으니까."

"……!"

그녀는 자신과 박 신부의 일을 알고 있었다.

당시 아지트에 상주하고 있던 뱀파이어들을 모두 제거했다고 생각했다.

이미 그들에 의해 죄 없는 사람이 꽤 희생되었던 상황.

하지만 생존자가 있었던 것이다.

"그 사람들과 똑같을 거라 생각하지 말아요. 난 아무도 해치지 않았고, 그 역겨운 식사에도 함께하지 않았어요. 지금 이 순간에도 힘겹게 버티고 있다구요."

어디까지 믿을 수 있고, 어디부터가 거짓인걸까.

현성은 그녀의 말을 전부 믿지는 않았다.

애절한 목소리로 말한다고 해서 믿는다면, 세상에 사연 없는 범죄자는 없을 것이다.

어쨌든 지금 이 시점에서 그녀는 정유미를 납치한 납치범이나 다를 게 없었다.

그렇게 생각하는 것이 옳았다.

"나를 도울 건지, 아니면 나를 죽이러 올 건지 잘 판단해요. 당신의 선택을 보고… 나도 결정할 거예요. 당신에게 믿고 모든 것을 맡길지… 아니면 잠들어 있는 당신의 여자 친구를 내 동료로 만들지… 말이에요. 30분 뒤에 다시 전화할게요."

"잠깐!"

뚜— 뚜— 뚜—

전화는 끊어졌다.

현성은 다시 한 번 기억을 되짚었다.

이름을 알지는 못했지만, 현성은 그녀와의 만남을 또렷이 기억하고 있었다.

소주 한 병에 당근 두어 개.

매번 그녀가 자신의 매장을 찾아와 습관처럼 먹던 것이었다.

"그럼… 소주 한 병만 줘요. 한 병만 마시고 갈게요. 10분 이상 안 걸려요. 안주는 필요 없어요. 당근이나 몇 개 있으면 주세요."

"익숙… 해요. 익숙해져야죠. 남들처럼 행복하게 살 수 없다는 건 슬픈 일이지만… 그게 운명이라면 받아들여야 하니까요."

"왜가 어디 있어요! 행복할 수 없게 되었는데, 행복할 수 있을

리가 없죠!"

"하하… 제 마음이 당신 같았으면 좋겠어요. 하지만 쉽지는 않네요. 아! 위로는 됐어요. 고마워요. 사실 그런 한마디가 듣고 싶었거든요……. 가볼게요. 잔돈은 됐어요."

그녀와의 대화도 기억이 났다.

속 깊은 이야기를 술 한 잔과 함께 털어놓았던 그녀였기에 더 기억에 남아 있었다.

그럼 그때부터 이미 뱀파이어가 되어 있었던 걸까?

나누었던 대화를 생각해보면 그럴 가능성이 더 높아 보였다.

그렇다면 꽤 오랜 시간이 흐른 것이다.

그녀의 말을 믿는다고 한다면, 그녀는 정말 오랜 시간을 힘겹게 버텨온 것이다.

박 신부도 그랬었다.

뱀파이어가 흡혈의 본능을 참는 것은 쉽게 말해서 평범한 사람이 수면에 대한 욕구를 참고, 억지로 눈을 뜨고 있는 것과 같다고 했다.

한계점을 넘어서면 모든 것을 놓고 잠에 빠져들고 싶어지는 것처럼, 뱀파이어 역시 마찬가지라고 했다.

한계에 다다르는 순간, 모든 이성을 포기하고 본능에만 집중하게 된다는 것이다.

그녀의 말을 100% 믿을 수도 없었고, 100% 불신할 수도 없었다.

현성은 바로 박 신부에게로 전화를 걸었다.

최근에 박 신부로부터 넘겨받은 연락처가 있었던 것이다.

현성으로부터 자초지종을 들은 박 신부는 한달음에 현성의 매장으로 달려왔다.

마침 외출을 나와 있던 차였다.

연락이 닿은 지 15분 만에 현성을 만난 박 신부는 먼저 고개부터 저었다.

현성과 전화를 통해 나누었던 대화 중, 불가능한 부분이 있었기 때문이다.

"결론부터 말씀드리자면 불가능합니다. 그 정도의 시간이 지났으면 뼛속의 피 한 방울까지도 뱀파이어화가 진행되었다고 봐야 해요. 죽음이 유일한 출구입니다. 그렇지 않고는 불가능하죠."

"0.1%의 가능성도 없는 겁니까?"

"적어도 제가 아는 방법으로는. 만약 가능성이 있는 방법이 있었다면 진작에 사연 많은 놈들을 정상인으로 되돌려 주었을 겁니다. 그것보다… 괜찮으시겠습니까?"

박 신부는 정유미의 안전을 걱정하는 눈치였다.

박 신부도 차예련처럼 정유미를 여자 친구로 착각하고 있었다.

드림팀 구상 단계부터 시작해서, 최근 부쩍 현성과 가까워진 그녀였기에 더더욱 그러했다.

"냉정해야죠. 걱정을 하든 안하든 유미 씨의 상황은 똑같으니까요. 어쨌든 신부님의 말대로라면… 딱히 해결책은 없는 상황이군요."

"그렇다고 봐야 합니다. 막 흡혈을 당한 시점, 그러니까 변화가 시작되는 초기 단계라면 개선이 되지만. 지금 그 사람은 이미 너무 많은 시간을 지나왔으니까요."

"음……."

"말을 곧이곧대로 다 믿어본다면, 지금까지 살아 있는 누군가의 피를 빨지 않았다는 건… 정말 대단한 결심이고 또 노력이라고 하고 싶군요. 정말 쉽지 않을 겁니다. 미치지 않은 게 다행일 정도로."

—방법이 아주 없는 것은 아닐 것 같구나. 들리니, 제자야?

그때.

일리시아의 목소리가 들려왔다.

항상 듣던 중저음의 목소리가 아닌 맑고 청아한 목소리가 들리자, 현성도 짐짓 놀라서는 고개를 끄덕였다.

"신부님, 잠시만."

끄덕.

현성이 박 신부에게 양해를 구하고 매장 밖으로 살짝 빠져나왔다.

현성의 능력에 대해서는 잘 알고 있는 박 신부였지만, 두 스승과 대화를 나누는 모습까지는 보여주고 싶지 않은 것이 현성의 생각이었다.

왠지… 허공에다가 대고 대화를 나누는 현성 자신의 모습이 이상하게 비칠까 싶었던 것이다.

"예, 스승님."

—조용히 대화를 듣고 있었단다. 기분 나쁘게 생각하진 말거라. 듣는 내내 여러 가지 자료들을 찾아보고 있었거든.

"대화라고 하시면……?"

—정체불명의 여인과 나누었던 대화, 그리고 지금 눈앞의 사제와 나누던 대화 말이다. 뱀파이어가 된 사람을 구하고 싶어하는 것 같은데.

"예, 맞습니다. 물론 직접 보고 다시 한 번 판단해야겠지만 악의가 있었다면 다른 방법을 선택했을 것이라는 생각이 들어서요."

—방법이 아예 없지는 않단다. 일반적인 케이스라면 불가능하지만… 넌 다르잖니. 흑마법과 백마법을 모두 구현해낼 수 있는 유일무이한 존재이기도 하고.

"방법이… 있습니까?"

일리시아에게 들려온 희소식이었다.

꼭 이번에 그녀를 구하기 위해서가 아니더라도, 사실 알고 싶었던 해결책 중 하나이기도 했다.

이미 사악할 대로 사악해진 뱀파이어도 존재하겠지만, 반대로 타의에 의해 자신의 본래 삶을 잃어버린 사연 많은 뱀파이어도 반드시 존재할 터.

그럴 경우, 해결할 수 있는 방법을 알고 있다면 도움을 줄 수 있을 터다.

—마음 같아선 진득하게 대화를 나누며 마법의 원리와 그 과정, 결과에 이르기까지에 대해 토론하고 싶지만… 상황이 여의치 않아 보이니 결론부터 말해주도록 하마.

"감사합니다, 스승님. 나중에 스승님과 복기를 할 수도 있을 테니까요. 선후는 중요하지 않을 것 같습니다."

일리시아는 학구열(學究熱)이 높은 사람이었다.

그녀는 종종 제자들과도 '마법은 왜 존재하는가?', '마법이 존재하지 않는다면?'과 같은 원론적인 문제에 대한 장시간의 토론을 즐기곤 했다.

현성과도 자신이 알려줄 '해법'에 대한 대화를 나누고 싶어하는 눈치였지만, 상황이 그렇지 못했다.

—클린, 힐링, 블랙 힐. 이 세 가지 마법이 키워드야. 느낌이 오겠지?

정화 마법.

치유의 백마법.

강화, 보완의 흑마법.

현성이 마법에 갓 입문하던 초기에 배운 마법이니 당연히 익숙한 마법이었다.

완벽하게는 아니었지만 얼추 짐작은 갔다.

세 가지 마법은 정화, 치유가 핵심이었다.

"예, 알 것 같습니다."

—하지만 보통 힘든 일이 아니게 될 것 같구나. 네가 가진 모든 마나를 소진하고, 다시 회복한 다음에 전부 소진하는 과정을 몇 번이나 반복해야 할 수도 있어. 중간에 지쳐 쓰러질 수도 있고.

"상관없습니다."

—모든 피를 정화해야만 해. 그리고 그 과정에서 손상될 수밖에 없는 장기들을 치유해 주어야 하지. 그리고 강화시켜 주어야만 해. 이 마법들을 계속해서 시전, 반복하려면 어마어마한 마나가 소모될 수밖에 없단다.

"가능성은 있는 겁니까?"

—그 사람이 과정을 버틸 수 있는지도 중요하단다. 중간에 밀려올 고통을 견뎌내지 못하면…….

"못하면?"

—그 상태로 미쳐버리거나, 죽어버리거나.

방법이 아주 없는 것은 아니니 다행이란 생각이 들었다.

"알겠습니다. 그럼 준비해 보겠습니다."

—각오 단단히 해두거라.

"예."

일리시아로부터 좋은 팁을 얻었다.

해볼 만한 방법이었다.

띠리링—

그때, 다시 전화벨이 울렸다.

아직 30분이 채 되지 않은 시간이었지만, 먼저 연락이 걸려 온 것이다.

"생각해… 봤어요?"

"당신을 도울 수도 있을 가능성이 있어요. 당신은 어디에 있죠? 말해줘야 당신을 만날 수 있고, 도와줄 수 있겠죠."

"헌터가 알려준 방법인가요?"

"내 방법이에요. 신부, 그러니까 헌터는 자신의 방법으로는 불가능하다고 말했어요."

"…당신의 방법이 가능하다는 걸 어떻게 믿죠?"

"어떻게 증명하길 바라죠? 나를 믿지 않으면 가능성은 0%가 될 거예요."

현성이 차분히 그녀의 말을 받았다.

아직까지 속단하지는 않고 있었다.

정유미의 확실한 안전을 확인한 뒤, 그 다음에 그녀를 도울 생각이었다.

선후는 확실히 정해두었다.

"날 도와줘야만 해요. 그렇지 않으면 안 돼! 안 된다구요!"

그녀가 소리쳤다.

애절하고도 처절한 외침이었다.

"일단 당신과 유미 씨의 위치를 알려주세요. 그녀는 이 일에 휘말릴 이유가 전혀 없는 사람이에요. 내 여자 친구도 아니고. 그저 비즈니스 파트너일 뿐이니까."

"날 도와줄 거죠?"

그녀가 다시 한 번 현성에게 물었다.

"당신의 말에 거짓됨이 하나도 없다면, 온 힘을 다해 도울 수 있도록 할 겁니다. 하지만 단지 도움을 받기 위해 거짓을 말했거나, 유미 씨의 안전을 확인할 수 없다면. 난 당신을 돕지 않습니다."

"당신과 헌터가 찾아왔었던 동굴. 거기로 와요. 나와 정유미 씨는 여기에 있어요. 그리고 헌터는 와서는 안 돼요. 만약 헌터의 모습이나 기척이 조금이라도 보이면, 유미 씨는 더 이상 예전의 모습을 찾지 못할 테니까."

그녀는 단호했다.

역시나 그들의 세계에서 악명이 높은 박 신부를 경계하는 모습이었다.

어차피 해결책을 제시할 수 없는 사람이라면 굳이 위험한 인물을 마주하고 싶지 않았던 것이다.

"알겠어요. 그럼 바로 출발하죠."

현성이 답을 하고는 전화를 끊었다.

그리고 박 신부와 함께 동굴 쪽으로 방향을 잡았다.

*   *   *

"그럼 저는 충분한 거리를 두고 멀리서 기다리도록 하지요. 근데 그것보다… 걱정이 됩니다. 현성 씨의 힘으로 가능하겠는지요? 이론적으로는 이해가 갑니다만……."

동굴로 향하는 길.

현성과 해결책에 대한 대화를 나눈 박 신부는 고개를 갸웃거렸다.

정화, 치유, 강화.

핵심 키워드를 놓고 본다면 가능할 것도 같아 보였다.

하지만 장담할 수 없는 건 사실이었다.

그것은 현성이나 박 신부나 마찬가지였다.

"가능성이 검증되지 않으니까 가능성이 있는 것과 다를 게 없지 않겠습니까?"

"그녀를 신뢰하실 수 있나요?"

"…객관적인 생각을 물으신다면 모르겠다고 답을 드릴 것이고, 주관적인 생각을 물으신다면 그렇다고 답을 할 것 같습니다."

“어느 정도의 교감은 있었던 모양이군요.”

“뱀파이어로 변한 이후에도 저희 매장을 몇 번 찾아 왔었어요. 남들처럼 행복하게 살 수 없는 운명을 받아들여야 한다… 행복할 수 없게 되었다… 는 말을 줄곧 하곤 했었으니까. 오래 있다가 가진 않았지만, 만날 때마다 속 깊은 이야기나 고민을 말하던 사람이었어요.”

“으음…….”

“다른 건 필요 없습니다. 유미 씨의 안전을 확인하고, 시도를 해봐야죠. 그렇게 해서 정상이 된다면 그녀는 더 이상 이런 고통을 겪을 필요가 없을 것이고, 누군가의 피를 필요로 할 것도 없겠죠.”

“하지만 개선되지 않는다면?”

박 신부가 물었다.

현성은 심호흡을 했다.

마음의 준비가 필요했다.

박 신부의 말대로 효과가 없을 경우를 대비한 준비가.

“그녀에게 영원한 안식을 줄 수 있는 방법을 취해야겠죠. 그게 정답일 겁니다.”

“아멘.”

박 신부가 성호를 그었다.

한달음에 도착한 그곳은 그때처럼 어둡고 황량했다.

박 신부는 현성을 따라 어느 정도 올라오다가는 멈춰 섰다.

겉으로 보기엔 아무것도 갖고 있지 않은 듯해 보였지만, 사실 품속에는 권총과 은사가 숨겨져 있었다.

"도움이 필요하면 언제든지."

"예. 알겠습니다."

"의식이 시작되면, 불러주십시오. 괜찮으시다면 그 모습을 직접 보고 싶기도 해서 말입니다."

"상황이 정리되면 그렇게 하겠습니다."

박 신부의 말에 현성이 고개를 끄덕이고는 산길을 따라 오르기 시작했다.

* * *

"당신…이 맞았군요. 전화를 하면서도 혹시나 했지만……."

"유미 씨는?"

"저기에."

그녀, 차예련이 동굴 안에 누워 있는 정유미를 가리켰다.

그녀는 바닥에 두껍게 깔린 이불 위에서 모포를 덮고 곤히 잠에 빠져 있었다.

"우선 유미 씨를 안전한 곳으로 옮기고 싶어요. 약속하죠.

당신을 도와줄게요. 이 일에 유미 씨가 괜히 얽혀 있을 필요는 없어요."

"당신이 날 버리고 도망갈지 어떻게 알아요? 그럴 수 없어요. 먼저 날 도와줘요!"

차예련이 소리쳤다.

그녀의 눈가에는 이미 몇 번을 흘렸다가 말라붙은 것 같은 눈물 자국이 가득했다.

"시간이 얼마나 걸릴지 알 수 없어요. 유미 씨가 우리들의 불편한 진실을 알 필요까지는 없잖아요?"

"하지만 난 당신을 못 믿겠어요. 난 그 광경을 직접 봤었으니까… 나라고 그렇게 되지 않을 거란 보장은 없잖아요. 먼저 도와주어야만 해요!"

차예련은 단호했다.

예상했던 반응이었다.

현성은 다음 단계로 넘어가기로 했다.

샤아아아—

어쨌든 지금은 그녀에게도 어느 정도의 믿음을 줄 필요가 있었다.

차예련이 눈치채지 못하게 현성은 마나 쉴드를 발동시켰다.

마나의 상당량을 소모해 만들어 낸 쉴드는 현성의 상체에 집중되어 형성됐다.

이 정도면 한두 번의 충격으로는 깨지지 않을 정도였다.

"그럼 이렇게 하죠. 내 목을 내주겠어요. 만약 내가 유미 씨를 구출만 하고 도망가려 한다거나, 다른 모습이 보이면 망설이지 말고 내 목을 물어요. 그럼 나도 결국 당신과 똑같이 변해버리게 되겠죠."

"……."

"원한다면 한쪽 손을 붙잡고 있어도 좋고."

현성은 먼저 적의가 없음을 보였다.

물론 그녀가 모르는 대비책을 세워두고 있었지만, 지금 이렇게 하지 않고서는 그녀의 불안함을 씻어낼 방법은 없어 보였다.

"하아."

차예련이 깊은 한숨을 내쉬었다.

그리고는 반쯤 체념한 듯, 정유미를 가리켰다.

"우선은… 데려가요."

"신부님이 올 겁니다. 걱정하지 말아요. 당신을 해치지 않을 테니까."

"믿을 수 없어요. 당신이 총알받이가 되어주든지 해야 해요."

"그러죠."

현성이 고개를 끄덕였다.

그리고 자신의 등 뒤에 차예련이 서게 한 뒤, 동굴 밖을 바라보며 전화를 걸었다.

"유미 씨를."

—알겠습니다.

*　　*　　*

현성이 먼저 의심을 푼 덕분인지 차예련도 더 이상 예민하게 반응하지 않았다.

이윽고 박 신부가 도착하고, 정유미를 동굴 밖의 안전한 장소로 옮겼다.

차예련은 박 신부에게 계속 시선을 고정하고 있었다.

때문에 빈틈이 많았다.

현성이 마음만 먹는다면 이 상태로 정유미와 박 신부를 데리고 도망치는 것도 가능했다.

하지만 그녀가 자신을 믿어준 만큼, 그러지 않기로 했다.

"정말 힘든 시간이었어요…… 난 그저 평범한 여자 차예련으로 살고 싶었을 뿐이에요! 하지만! 내가 원하지 않았던 삶이지만! 그렇다고 타협하지는 않았어요. 피? 살아 있는 사람의 피를 마신 게 아니에요. 다시 말하기조차 끔찍한 경험이지만……."

차예련은 참혹했던 그때의 이야기를 꺼냈다.

이미 목숨이 끊어진 시체의 뇌수와 피를 삼키던 그때를…….

지금까지 차예련이 버티고 버텨온, 구구절절한 이야기들을 들으며 현성과 박 신부는 조용히 고개를 끄덕이기만 했다.

그녀를 이렇게 만든 남자 친구는 이미 죽었다고 했다.

극심한 흡혈 욕구를 견디지 못하고 미치광이처럼 도심을 누비다가 차에 치여 그 자리에서 즉사한 것이다.

차예련이 기억하는 남자 친구의 마지막 모습은 자신을 사랑해 주던 남자 친구가 아닌, 그저 자신의 흡혈 욕구를 충족시키기 위해 달려들던 악마의 모습이었다.

그녀에겐 상처가 너무나도 많았다.

“이젠… 힘들어요. 영원히 잠들 수 있다면 좋겠지만… 죽고 싶지 않아요. 그저 사랑하는 가족들 곁에서 편하게 아침 햇살에 눈을 뜨고 싶을 뿐이에요. 많은 걸 바라지 않아요…….”

차예련이 굵은 눈물을 쏟아냈다.

그녀의 어깨는 축 늘어져 있었다.

내가 원하지 않았던 삶.

차예련이 말한 이 한마디가 현성의 가슴을 시리게 했다.

그녀의 말대로 이 삶은 그녀가 원했던 삶이 아니리라.

누구도 그녀의 행복을 마음대로 앗아갈 권리는 없었다.

선택이 아닌 강제라면 더욱 그러했다.

"신부님."

"예."

"시작해 보도록 할까 합니다. 유미 씨가 깨어날 것 같으면 미리 자리를."

"알겠습니다."

"헌터… 아니, 신부님. 부탁해요. 저를… 저를 해치지 말아 주세요."

차예련이 고개를 숙였다.

그녀의 몸은 부르르 떨리고 있었다.

박 신부의 악명은 그 정도로 자자했다.

"현성 씨의 방법이 통한다면 우린 좋은 친구가 될 겁니다."

박 신부가 환한 미소를 지어보였다.

두려움에 떨고 있는 그녀에게 부담을 주고 싶진 않았다.

"고통스러울 수 있어요. 하지만 버텨야 해요. 내가 해줄 수 있는 말은 나는 최선을 다해 당신을 '정화' 시키려 할 것이라는 것이고, 당신은 반드시 버텨주어야만 해요. 알겠죠, 예련 씨?"

현성이 그녀의 이름을 불렀다.

그녀는 입술을 굳게 다문 채, 고개를 끄덕였다.

그리고 두 주먹을 불끈 움켜쥐었다.

사랑하는 사람들의 곁에 갈 수 없는 고통.

매일 밤을 외로이 문명의 언저리를 떠돌아야만 하는 고통.

그 고통만 할까.

차예련은 다짐하고 또 다짐했다.

설령 모든 것을 내려놓고 싶을 고통이 밀려오더라도 반드시 참아내기로.

"그럼."

사악!

현성이 동굴 벽면을 바라보고 앉은 차예련의 등 뒤에 날카로운 상처를 냈다.

그러자 검붉은 피가 흘러나왔다.

현성은 그 위로 왼손을 올려놓았다.

"……!"

순간 타는 듯한 고통이 등에서 전신으로 퍼져나가기 시작했다.

—시작하거라. 네 스스로가 느낄 수 있을 거야. 손끝에서 느껴지는 피의 불순한 기운과 독기가.

일리시아의 목소리도 들려왔다.

그녀의 말대로 느껴졌다.

그리고 어느새 현성의 오른손을 타고 검은색의 액체가 뚝뚝 떨어지고 있었다.

생기를 잃어버린 죽은 피였다.

검은 피에서는 아주 역겨운 냄새가 났다.

현성은 다시 시선을 그녀의 뒤로 옮겼다.

그리고 묵묵히 집중했다.

현성의 체내에서 마나가 열 번의 순환을 할 동안 클린 마법이 전개됐다.

그리고 다섯 번의 순환을 하는 동안에는 힐링 마법이.

세 번의 순환을 하는 동안에는 블랙 힐 마법이 이어졌다.

워낙에 오염된 정도가 심하다 보니 마나의 소모가 극심했다.

단숨에 쭉쭉 빨려나가는 마나의 양은 입마의 과정을 통해 대폭 늘어난 마나로도 감당이 안 될 정도였다.

물론 현성이니까 가능한 광경이기도 했다.

만약 갓 마법을 배우기 시작했을 당시의 현성이라면 시도조차 할 수 없었을 일이었다.

냉정하게 말해서 일리시아나 자르만도 성공을 장담하기 힘들 정도로 엄청난 마나의 소모가 있는 일이었다.

중간 중간에 현성은 가슴 속에서 치밀어 오르는 메슥거림에 몇 번이고 헛구역질을 했다.

"아윽……."

현성만큼이나 차예련도 초인적인 힘을 발휘하여 버티고 있었다.

몇 번을 비명을 내지르고 까무러칠 법한 고통이 엄습해 왔지만, 그녀는 참고 또 참았다.

움켜쥔 손에 힘을 잔뜩 준 탓에 손톱에 눌린 손바닥에서 피가 줄줄 흘러내릴 정도였다.

박 신부는 상황을 지켜보며 현성과 차예련의 얼굴에서 흘러내리는 땀을 조심스럽게 닦아주었다.

현성도, 차예련도.

온 힘을 다해 치료해 주고, 또 버티고 있었다.

박 신부는 지금껏 단 한 번도 경험해 본 적 없는, 어쩌면 차예련과 같은 사람에게 도움을 줄 수 있을지도 모르는.

현성의 해결법을 눈앞에서 유심히 지켜보고 있었다.

그는 정말 특별한 능력을 가진 사람이었다.

예전부터, 그리고 지금도 두 눈으로 똑똑히 보고 있었지만.

이런 놀라운 광경을 보고 있으니 새삼 다시 한 번 실감하게 되는 것이었다.

* * *

"여긴… 어디지? 뭐야? 응?"

정유미가 눈을 뜬 것은 내부가 깔끔하게 인테리어 된 어느 모텔 방 안에서였다.

그녀의 기억이 멈춘 것은 현성을 만나러 막 집에서 출발했을 찰나였다.

술은 마신 기억도 없는데, 엉뚱한 곳에서 잠이 깬 것이다.

길거리에서 소매치기를 당하거나, 아니면 너무 술을 마신 탓에 필름이 끊겨 전날의 기억조차 못하는가 싶었다.

가방을 뒤져봐도 그대로였다.

지갑에 사라진 것도 없었다.

하지만 이상한 것은 현성으로부터 연락이 없었다는 것이었다.

아무리 기억을 되짚어 봐도 집에서 나선 이후에 기억이 끊겼다.

그렇다면 현성과의 약속 장소에 제대로 도착하지 못했을 터.

하지만 통화 기록은 전혀 없었고, 현성과 주고받은 문자는 전날 새벽에 다음날 약속을 확인했던 문자가 전부였다.

자신은 그렇다 치더라도 현성에게 아무런 연락이 없었다는 것이 이상했다.

뚜우우우— 뚜우우—

현성에게 전화를 걸어보았지만 받지 않았다.

대충 옷매무새만 가다듬고 밖으로 나온 정유미는 현성의 매장을 찾았다.

찾아간 따뜻한 뚝배기 한 그릇 본점에는 현성이 아닌 점장 상화가 있었다.

상화는 현성이 개인적인 사정으로 오늘은 출근하지 않는다고 연락이 왔다고 했다.

하지만 이상했다.

어제 밤, 오늘 점심을 즈음해서 인터뷰가 두 차례 예정되어 있었기 때문이다.

"뭐야… 어떻게 된 거야?"

영문을 알 리 없는 정유미는 그저 답답할 노릇이었다.

하지만 정작 당사자가 전화를 받지 않으니.

연락할 방법은 요원했다.

* * *

"쿨럭! 쿨럭!"

차예련이 검은 핏덩이를 연신 토해냈다.

꼬박 하루가 되어가고 있었다.

현성과 일리시아가 예상했던 것보다, 그리고 그녀가 예상했던 것보다 엄청난 시간이 소모되고 있었다.

현성의 안색은 하얗게 변해 있었다.

마법을 배우게 된 이후, 단 한 번도 보인 적이 없던 창백한 얼굴이었다.

"괜찮아요. 후우. 후우. 예련 씨를 챙겨주세요."

"알겠습니다."

박 신부는 탈진 상태로 몸을 비틀거리는 차예련이 쓰러지지 않도록 조심스럽게 그녀를 붙잡아 주었다.

그리고 연신 토해내는 핏덩이들을 받아냈다.

역겨울 법도 하련만.

박 신부는 묵묵히 그녀가 토해내는 고통의 증거를 받아내서는 동굴 밖에 버리고 왔다.

경과는 나쁘지 않았다.

그것은 현성 본인이 직접 체감하고 있었다.

손끝을 타고 흘러나오는 검은 찌꺼기의 양이 현저히 줄어들었기 때문이다.

그녀도 점점 흡혈에 대한 욕구가 사라져 가고 있다고 했다.

현성처럼 그녀 본인이 느낀 것이니 의심할 여지는 없었다.

—저런 미친놈을 봤나…….

아른아른해져 가는 정신 속에서 자르만의 또렷한 목소리가 들렸다.

—뭐가 미쳤다는 거예요? 당신도 쉽게 할 수 없는 일을 이 아이가 해내고 있단 말이에요.

—부인은 보지 못했소? 이미 마나 고갈만 일곱 번을 겪었소. 비유를 하자면 탈진, 탈수 상태를 하루에 일곱 번이나 겪

었다는 거요. 몸이 성할 수 없을 뿐더러, 이런 식의 혹사가 짧은 시간 안에 반복되면 죽을 수도 있소. 그냥 숨통이 팍 끊어진단 말이오.

—이 아이의 선택이에요. 훌륭한 선택을 타박하지 말아요. 잔소리도 하지 말란 말이에요!

—으허, 말도 하지 말라고!

"후훗."

두 스승의 때 아닌 말다툼에 시종일관 찌푸린 표정으로 고통을 견뎌내던 현성이 피식 웃음을 터뜨렸다.

말라버린 입술에는 핏기조차 없었다.

현성은 오로지 차예련에게 원래의 삶을 되찾아주겠다는 일념뿐이었다.

그녀의 말에 거짓은 없었다.

몇 번이고 까무러칠 만한 고통이 찾아왔을 것이 틀림없음에도.

그녀는 자신보다 더 강한 정신력으로 버텨내고 있었다.

그런 그녀의 믿음에 반드시 보답을 해주고 싶었다.

뚜뚝— 뚝— 뚝—

"현성 씨!"

그때.

박 신부의 목소리가 들렸다.

동시에 손끝을 타고 흘러내리던 탁기(濁氣) 가득한 액체도 더 이상 나오지 않았다.

끝난 것이다.

24시간을 꼬박 새워 밤에서 새벽, 새벽에서 낮, 낮에서 저녁, 저녁에서 밤이 되기까지 쉬지 않고 이어온 고행의 끝이었다.

"하아. 하아. 하아. 하아."

"어서 마셔요. 한 잔 더."

꿀꺽꿀꺽—

중간 중간 박 신부가 물을 건네주고, 먹을 것을 조금씩 건네준 덕분인지 현성의 컨디션은 최악까진 아니었다.

차예련은 가쁜 숨을 몰아쉬면서도 몸을 지탱하고 앉아 있었다.

그녀의 얼굴에는 화색이 가득했다.

해낸 것이다.

현성이 자신을 원상태로 돌려준 것이었다.

몸으로 느낄 수 있었다.

더 이상 피에 대한 갈망도 느껴지지 않았고, 박 신부가 건넨 물 한 잔은 세상에서 그 무엇보다도 달콤한 꿀맛처럼 느껴졌다.

벅차오르는 고마움과 감사의 감정은 전부 현성에게로 향했다.

이 보답을 몇 마디의 말과 감사의 표현으로 끝낼 수 있을까.

불가능했다.

쿠웅!

"현성 씨!"

"괜찮아요? 현성 씨! 현성 씨?"

긴 고통의 시간을 끝내고.

차예련이 박 신부가 건넨 물을 맛있게 들이키는 모습을 보면서.

현성의 시야도 덩달아 흐려져 갔다.

마음 한 구석이 후련해진 느낌.

하지만 기억은 거기서 멈췄다.

점점 어두워지는 시야.

현성은 자신도 모르는 사이에 정신을 잃고 말았다.

* * *

"후후."

허름한 5층짜리 빌딩 옥상.

안전 펜스 하나 없는 빌딩 옥상의 가장자리에 걸터앉은 한 남자가 지면을 내려다보고 있었다.

그의 양 어깨에는 각각 검이 한 자루씩 달려 있었다.

예기를 잔뜩 머금은 검.

도검과 총포의 개인소지가 금지된 대한민국이지만, 남자

에게는 해당사항이 없는 듯해 보였다.

남자는 붉은 복면을 하고 있었다.

한때 세간을 떠들썩하게 만들었던 검은 복면의 사내를 베낀 것 같은 느낌이었다.

다른 것이 있다면, 복면에 가려진 얼굴, 그리고 드러난 눈빛에서 느껴지는 것이 다름 아닌 '살기' 라는 점이었다.

남자의 시선은 길거리의 어디론가 향하고 있었다.

그리고 바쁘게 움직이던 시선이 멈췄다.

시선이 멈춘 자리에는 늦은 새벽까지 회식을 끝내고 나온 평범한 회사원들이 있었다.

"으하하, 좋구나, 좋아— 술이 최고입니다—!"

"자네, 이렇게 들어가면 마누라한테 혼쭐이 나는 거 아닌가?"

"하하하, 뭐 어떻습니까—! 최 부장님과 나누는 술 한잔이 더 꿀맛 아니겠습니까! 와하하핫!"

"으허허허, 나도 김 대리가 가장 마음에 든다니까!"

여느 평범한 회식 후의 광경이었다.

새벽 1시가 넘은 시간이라 늦은 감이 있긴 했지만, 이 시간을 즈음해서 술 취해 들어가는 사람들이야 항상 있게 마련이었다.

일행은 넷.

전부 비틀거리면서도 어깨동무를 하고는 길을 따라 걷고

있었다.

두 블록을 더 지나가면 택시 승강장이 나온다.

아마도 그쪽에서 택시를 타고 각자의 집으로 귀가하는… 회식 후의 뻔한 루트일 것이다.

"재밌겠군."

남자의 입가에 비릿한 미소가 흘렀다.

그리고.

파팟—

남자가 옥상 위에서 아무런 안전장치 없이 그대로 지면을 향해 뛰어내렸다.

시이이잉!

쇄애애앵!

동시에 어깨에 달려 있던 두 자루의 검을 동시에 빼들었다.

생각하지 못한 공간에서 뛰어내리고 있었기에, 당연히 그 어느 누구도 머리 위에서 수직 낙하하고 있는 남자의 정체를 알아차리지 못했다.

쇄아아아아악!

"……!"

바로 그때.

어깨동무를 하고 흥얼거리며 걸어가던 네 일행 중 가장 왼쪽에 있던 사람.

김 대리라 불리던 남자의 머리가 반으로 쪼개졌다.

뭐라 소리를 낼 새도 없이 비명횡사한 것이다.

“기, 김 대…….”

푸숙!

김 대리를 부르려던 최 부장의 운명도 별반 다르지 않았다.

날카로이 횡선을 그은 남자의 검에 의해 깔끔하게 잘린 머리가 허공을 날았다.

주인 잃은 몸은 허공에 두어 번 손을 휘휘 젓더니 그대로 앞으로 고꾸라졌다.

“으아아아아악!”

“사, 살인!”

남은 두 사람.

그들은 이 엄청난 광경을 두 눈으로 목격하고는 소리를 내질렀다.

한데 마치 다리가 굳어버린 것처럼 움직여지지 않았다.

극도의 두려움은 차마 움직일 생각조차 하지 못하게 만들고 있었다.

시이이이잉!

“후후.”

남자의 양손에 쥐어진 각각의 검이 현란하게 좌우로 날카로운 선을 그려냈다.

두 회사원은 뭐라 말을 이을 생각조차 하지 못했다.

"처음이자 마지막이 될 특별한 경험을 주지."

쉬익! 쉬이익!

썰컹! 써컹!

두 사람의 눈앞에서 다시 한 번 검이 춤을 췄다.

그리고… 올곧게 보이던 세상의 모습이 옆으로 비틀어지더니, 이내 어두컴컴한 아스팔트 바닥만 보이는 시야로 바뀌었다.

"……."

"……."

바닥에 떨어진 두 회사원의 머리는 서로를 마주보고 있었다.

그리고 점점 시야는 흐릿해져 갔다.

시이이잉, 철컹!

시이이잉, 철컹!

단숨에 네 사람의 목숨을 거두고.

검이 제자리를 찾아 들어갔다.

바닥에 흥건한 핏자국들.

남자는 바닥에 널브러진 네 사람의 시체 위로 품속에서 꺼낸 무언가를 휙 던졌다.

검은 천 조각이었다.

"멍청한 놈이 아니면, 곧 알아듣겠지. 내가 누굴 원하고 있는지. 검이 좀 무디어진 느낌인데. 돌아가서 날카롭게 다듬어야겠군."

참담한 살인의 현장이었지만, 남자는 별다른 감정의 동요가 없어보였다.

일말의 죄책감이라든가 미안함도.

되려 심심한 입을 달래기 위해 담배를 꼬나물고는 유유히 자리를 떠나는 것이었다.

『컨트롤러』 4권에 계속…

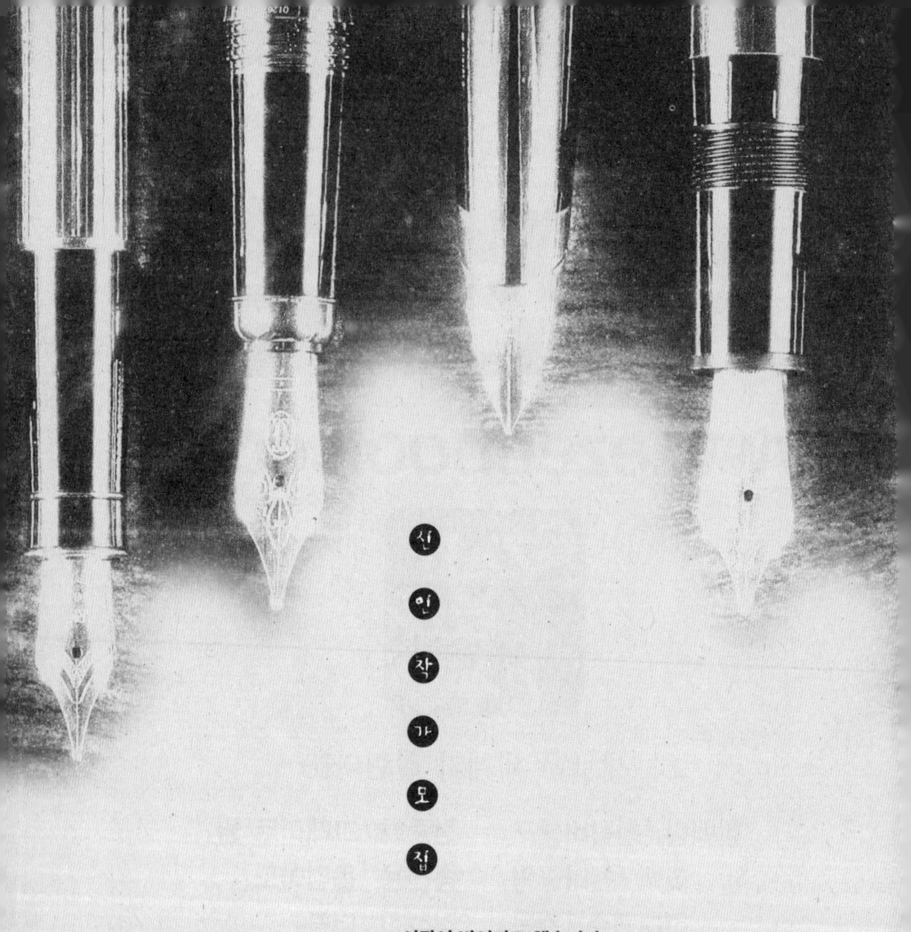
신
인
작
가
모
집